潜龙在渊

张明纯 辛瑞玲 著

走近"共和国勋章"获得者黄旭华

南方日报出版社
NANFANG DAILY PRESS
中国·广州

图书在版编目（CIP）数据

潜龙在渊 / 张明纯，辛瑞玲著. —广州：南方日报出版社，2021.4
　ISBN 978-7-5491-2340-7

Ⅰ.①潜… Ⅱ.①张… ②辛… Ⅲ.①报告文学－中国－当代 Ⅳ.①I25

中国版本图书馆CIP数据核字（2021）第050166号

QIANLONG ZAI YUAN
潜 龙 在 渊

著　　者：	张明纯　辛瑞玲
出版发行：	南方日报出版社
地　　址：	广州市广州大道中289号
出 版 人：	周山丹
图书策划：	周山丹
出版统筹：	母发荣
责任编辑：	方　明
特约编辑：	刘军青
责任校对：	阮昌汉
责任技编：	王　兰
装帧设计：	邓晓童
经　　销：	全国新华书店
印　　刷：	广州市尚铭印刷股份有限公司
开　　本：	787 mm×1092 mm　1/16
印　　张：	11.5
字　　数：	150千字
版　　次：	2021年4月第1版
印　　次：	2021年4月第1次印刷
定　　价：	49.00元

投稿热线：（020）87360640　　读者热线：（020）87363865
发现印装质量问题，影响阅读，请与承印厂联系调换

目　录

主人公小传

开　篇　幸福时刻　总书记让座 / 001

第一章　别梦悠悠三十载 / 009

　　1. 杏林世家　济世情怀 / 010

　　2. 父爱如山　孝子情长 / 013

　　3. 誓言无声　别梦三十载 / 016

　　4. 赫赫无名　母爱似海 / 019

　　手记　崇尚英雄才会诞生英雄 / 023

第二章　少年有志　旭日东升 / 027

　　1. 母校情结　聿怀多福 / 028

　　2. 聿怀时光　虽苦犹乐 / 037

　　3. 有志少年　桂林求学 / 041

　　4. 爱国至上　无悔选择 / 044

　　手记　选择做一粒种子 / 048

第三章　静水流深　深海壮歌 / 051

　　1. "核潜艇，一万年也要搞出来！" / 052

　　2. 赤子忠心　从"零"开始 / 059

　　3. 分秒必争　蛟龙下海 / 062

　　4. 深潜就是战斗力 / 068

  5. 盼来相携彩云归 / 078
  手记 创新从来都是九死一生 / 083

第四章 不辱使命 只争朝夕 / 087
  1. 再登潜艇 心潮澎湃 / 088
  2. 全国模范 德耀中华 / 090
  3. 寄语青年 传承力量 / 095
  4. "甘心做隐姓埋名人" / 097
  5. 世界因你而美丽 / 099
  手记 在"中国精神"的星空里闪烁 / 104

第五章 初心如炬 烛照母校 / 107
  1. "核潜艇之父"首次亮相潮汕 / 108
  2. 院士"回家" 初心可鉴 / 114
  3. 潜艇模型 殷殷期盼 / 120
  4. 勉励英才 圆梦科学 / 128
  手记 要做新时代的追梦人！ / 139

第六章 三亚叙事 南海微澜 / 143
  1. 江海辽阔：居江城常思故乡 / 144
  2. 大海故乡：望家乡勇立潮头 / 152
  3. 锦瑟雅声 正且美矣 / 158
  4. "〇九精神"："痴"矣？"乐"兮！ / 164
  手记 爱国情 奋斗者 / 170

结 语 我和我的祖国 / 173

主人公小传

黄旭华，男，汉族，中共党员，中国工程院院士，中国第一代攻击型核潜艇和战略导弹核潜艇总设计师，中船重工七一九研究所名誉所长。1958年起参加核潜艇研制工作，为我国核潜艇事业奉献了毕生心血。

原籍广东省揭阳市，1926年3月12日生于广东省汕尾市。1949年毕业于上海交通大学船舶制造专业，1994年当选为中国工程院院士，曾任前中国船舶工业总公司七一九研究所副总工程师、副所长、所长兼党委书记以及核潜艇工程副总设计师、总设计师等职。

长期从事核潜艇研制工作，开拓了我国核潜艇的研制领域，是中国第一代核动力潜艇研究创始人之一，被誉为"中国核潜艇之父"，为我国核潜艇事业的发展做出了杰出贡献。主持完成了我国第一代核潜艇和导弹核潜艇研制，1958年和1996年分别获得"国家科学技术进步奖"特等奖、总设计师突出贡献奖；1989年被授予"全国先进工作者"称号，2009年被评为新中国成立60周年"十大海洋人物"之一；2013年当选"感动中国人物"；2017年获得"第六届全国道德模范"称号；2019年获"最美奋斗者"荣誉称号，被授予"共和国勋章"；2020年1月，获2019年度国家最高科学技术奖。

潜龙在渊

开篇

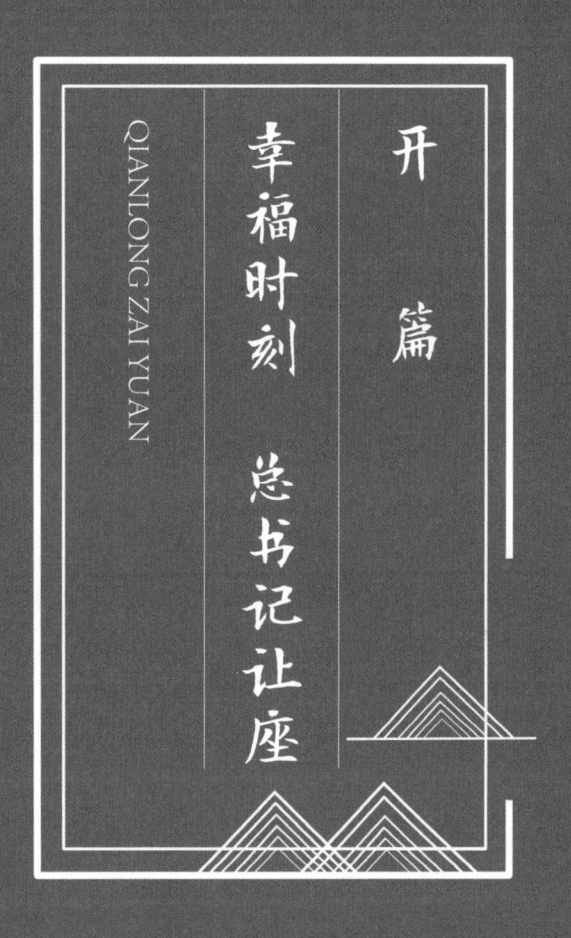

幸福时刻 总书记让座

QIANLONG ZAI YUAN

总书记给一位91岁老人让座！这一场不同寻常的会见，这一个不同寻常的细节，温暖了中国2017年的整个冬天。

这位老人说："这是一生最幸福的时刻！"

2019年9月29日上午，新中国成立70周年前夕，北京人民大会堂金色大厅气氛热烈庄重！

中华人民共和国国家勋章和国家荣誉称号颁授仪式正在这里隆重举行。

巨幅的红色背景板上，共和国勋章等图案熠熠生辉。背景板前，18面鲜艳夺目的五星红旗分列两侧，18名英姿挺拔的解放军仪仗队礼兵在授勋台两侧持枪伫立。

9时58分，伴着欢快的乐曲，中共中央总书记、国家主席、中央军委主席习近平同国家勋章和国家荣誉称号获得者一同步入会场，全场起立，热烈鼓掌。

10时整，颁授仪式开始。解放军军乐团奏响《义勇军进行曲》，全场高唱中华人民共和国国歌。习近平向这些为新中国建设和发展做出杰出贡献的功勋模范人物一一颁授勋章。

在受勋的英雄行列中，有一个我们分外熟悉的身影——中国第一代核潜艇总设计师、中国工程院院士黄旭华！

作为共和国勋章获得者，他在颁授仪式上的发言情深意切、意味深长：

"我是一名从事核潜艇研制的科技工作者。习近平总书记将这枚沉甸甸的共和国勋章授予我，这，不是我一个人的荣誉。这份光荣属于核潜艇战线的每一个成员！也请允许我代表今天受表彰的36位同志，感谢党和国家对我们的肯定和鼓励，感谢全国人民的支持和信任。

"核潜艇的研制，是一项伟大而艰巨的事业。当年，为了响应毛主席的号召，千千万万名和我一样满腔热血、矢志报国的科研人员坚定着'核潜艇一万年也要搞出来'的信心和决心投身其中。我有幸全程地参与了中国核潜艇从无到有，从弱到强的伟大事业。核潜艇事业是国防事业发展的缩影，我为祖国取得了历史性的成就、实现了历史性的改革而骄傲，也为自己是一名国防建设的老兵而自豪。'誓干惊天动地事，甘做隐姓埋名人'，我和我的同事们此生属于祖国，此生无怨无悔！"

时年93岁高龄的黄旭华院士，是参与中国第一代核潜艇研制的最早"29人"之一。他隐姓埋名30年，为祖国核潜艇事业奉献了毕生精力，为核潜艇研制和跨越式发展做出了卓越贡献；他置个人安危于不顾，在某次深潜试验中随艇深潜到极限，成为世界上核潜艇总设计师随艇深潜的第一人！

此刻，我们满怀敬仰，唯以一首《沁园春》，礼赞黄旭华！

东海日出，南海云霞，照我中华。
总书记让座，国之骄子，潜艇之父，梦圆光华。
深潜深潜，德耀华夏，忠孝名扬举国夸。
树楷模，忠诚谁堪比？一世英名！

忆深藏孤岛，信誓昭昭比日月，
涛声不荒凉。仰望苍穹，盘中算子，只争朝夕。
一艇深潜，卅年无声，巨鲸出海浪滔天！
求真理，忠孝难全，名传无涯。

时间必须回放到两年前。
2017年11月17日上午，那是一场不同寻常的会见！
上午9时30分，习近平总书记来到人民大会堂金色大厅，亲切会见参加全国精神文明建设表彰大会的600多名代表。

众多媒体第一时间记录了这一细节：

在热烈的掌声中，习近平总书记高兴地同大家热情握手、亲切交谈，代表们纷纷向总书记问好。握手结束后，习近平总书记回到队伍中间，准备同代表们合影。总书记看到91岁的黄旭华和82岁的黄大发两位道德模范代表年事已高，站在代表们中间，总书记握住他们的手，微笑着问候说："你们这么大岁数，身体还不错。你们别站着了，到我边上坐下。"

习近平总书记拉着他们的手，请两位老人坐到自己身旁来，两人执意推辞，习近平一再邀请，说："来！挤挤就行了，就这样。"

相机快门按下，记录下了这一感人瞬间。

这一刻，也深深镌刻在黄旭华的记忆里！"总书记是通过让座，表达对七一九人的尊重！"黄旭华说道，当我们接通他的电话时，尽管那时他已经从北京飞回了武汉天河机场，但言语间依然可见其心潮澎湃。

"总书记深情地说，你们真不容易！""我真没想到总书记会请我坐到他身边，而且还把椅子给我拉过来，请我坐下来。那一瞬间，我有点蒙了，激动得一时也不晓得要讲什么话。"对此，他连续用了三个"非常"来表达此刻的心情：

"没有想到啊，非常温暖，非常感动，非常激动！"

"这是最幸福的时刻，温暖着16万中船重工人！"

黄旭华告诉我们，他原本的座位安排在习总书记的正后方，没想到习总书记却握着他的手，让他坐到身边来！"习总书记跟我握了两次手。"依然沉浸在当时的幸福情景中，黄老兴奋地说，"第一次，总书记正要跟我说话，但伸出手来的人太多了，大家都想跟总书记握手，所以就没说话。第二次，总书记把我请下来，让我坐到他旁边，我想推辞时，总书记却搬开自己的椅子，让我来到第一排,把椅子给我拉过来,搀扶着我慢慢坐下去。"

回忆着当时的情景,黄旭华是多么幸福而感动!"总书记很平易近人。"他说,"坐在总书记身边,他亲切地问我,您老多大年纪了?身体怎么样?累不累?""当说到中船重工集团搞核潜艇时,总书记深情地说,你们真不容易!总书记还叮嘱我一定要保重身体。"

"总书记尊重科学,尊重科技人员,尊重老人,给我的印象特别深,值得敬佩和学习。"对此,黄旭华打心眼里感到振奋,"我们从事的工作,总书记是熟悉的,他到现场视察过的。中船重工集团的很多单位、很多重大项目,总书记都亲自视察过,做过指示、批示的。"他说,"总书记的关怀,是对全体军工人的关怀,是对全体中船重工人的厚爱,这份厚爱将温暖我、激励我继续为核潜艇事业发挥余热、奋斗一生。"

正如黄旭华在表彰大会的发言中说的:"今天,站在领奖台的是我一个人,但我深深知道,这份荣誉不仅属于我个人,更属于整个核潜艇研制团队,属于和我一起并肩战斗、把青春和热血都奉献给核潜艇研制事业的默默无闻的战友们。""虽然我年事已高,但老骥伏枥,志在千里,我将继续为核潜艇事业发挥余热,为建设世界一流海军,为实现强军梦、强国梦贡献自己毕生的力量。"

这感人的一幕,通过媒体传遍了千家万户,温暖了全国人民的心,而中国军工人的奋斗精神、奉献精神也再次闪耀在国人的面前。

作为黄旭华院士的家乡人,我们更加感动。这位可亲可敬的鲘背老人啊!他把毕生精力奉献给了中国的核潜艇事业,他的生命之火时时刻刻都在燃烧。

耳际仿佛响起他的铮铮誓言:"当年,我在申请入党的思想汇报中留下了这样一句话——党需要我把血一次流光,我做到;党如果不是要求一次流光,而是一滴一滴慢慢流,一直流尽为止,我也坚决做到。"

这些年，怀揣对这位老人的景仰和敬慕，我们默默地跟踪采访，只希望能让他伟大的人生历程留下更多的痕迹，让深深镌刻在他和他的同事们身上的"〇九精神"感动更多的人。

犹记得黄老第一次回到阔别70多年的汕头市聿怀中学，参加母校125周年校庆的情景。那是2002年9月29日，初秋的阳光依然火辣辣地照着，黄旭华受到数千名学弟学妹的热烈欢呼、夹道欢迎。那天晚上，我们对他做了第一次专访，距今已经过去了整整17年！

这么多年来，只要他来到汕头、回到母校，我们就会默默地跟踪采访。我们的心底里一直盼望着，能为这位可敬的老人写点什么、再写点什么：是"一万年也要把核潜艇搞出来！"的"锲而不舍"，是"一个人只有把自己的命运和国家的命运紧紧结合在一起才有意义"的"坚定不移"，还是"对国家的忠就是对父母最大的孝"的"家国情怀"……

在中国科学院第十九次院士大会、中国工程院第十四次院士大会上，习近平总书记称赞包括黄旭华在内的院士们，是"干惊天动地的事，做隐姓埋名的人"的伟大人物，是新时代的民族英雄！

是啊，"亦余心之所善兮，虽九死其犹未悔"的黄旭华，就是一个"为国家利益、为民族大业敢担当、勇探索、甘奉献"的"大写的人"。

于是，就这么一路追踪着、景仰着，怀揣向往，默默地仰望着他！

此刻，我们按捺不住，以《满庭芳·锦瑟雅声》，赞颂"〇九精神"，赞颂这位"大写的人"！

锦瑟雅声，古今一人，正且美兮清圆。生于田墘，有山有海矣，杏林济世人家。少年志、心怀家国。管弦乐，满庭蓊郁，表壮志凌云。

信念！细细听。山海豪情，唯吾德馨。湛蓝深海处，挺起脊梁，惊涛骇浪不惊！核潜艇、急管繁弦。歌且颂，喜探龙宫，赞〇九精神。

潜龙在渊

第一章 别梦悠悠三十载

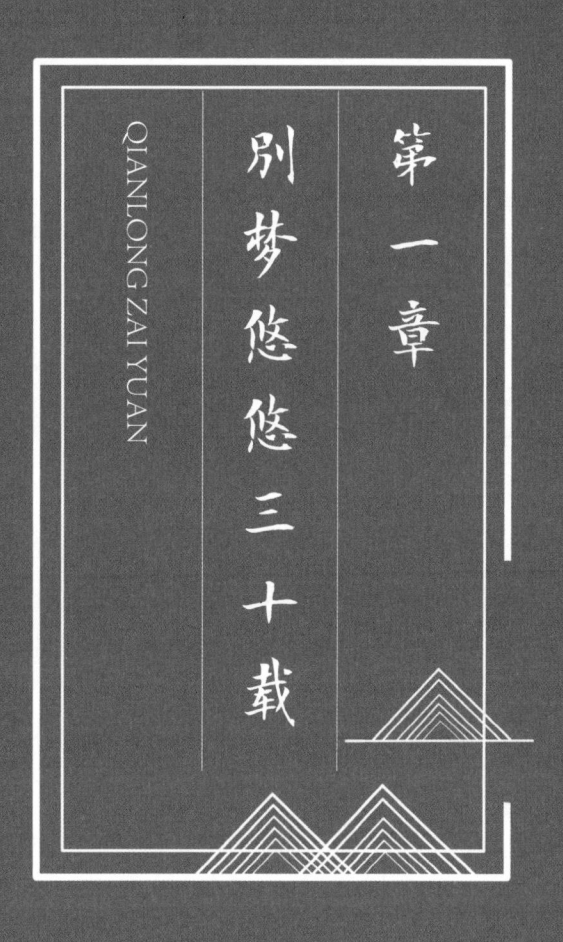

QIANLONG ZAI YUAN

"我如果有一点成就,有来自父亲、母亲基因的极大影响,让我在今后的人生中,不管遇到什么情况,都能够克服困难、从容应对,艰苦奋斗、顽强拼搏。这些都是父母从小对我的教育。"

"有人问我忠孝不能双全,我是怎么样理解的。我说,对国家的忠,就是对父母最大的孝。"

 1. 杏林世家　济世情怀

"我的父亲至死都不知道他的儿子是干什么的!我30年没有回家……第一次回家是1986年11月,我出差到大亚湾,组织同意我回家。从1957年离家,到那次回家,已经过去了整整30年!"

听一位近百岁的老人讲这话,我们的心情既酸涩又激动。

2018年的夏天,我们赶到美丽的海南三亚。此刻,黄老就坐在我们面前,慢慢讲述;而我们满怀敬意,心潮澎湃地聆听。

黄旭华是地地道道的潮汕人。1926年3月12日,他出生在广东省汕尾市海丰县田墘镇一个海边的小村庄;而他的祖籍地,是广东省揭阳市玉湖镇新寮村。

黄老的父母亲都是医生。虽然没有就读正规的医学院,只是早年间跟着基督教会办的福音医院的英国医生学习医术,但两老一辈子都在治病救人。

父亲对黄旭华的影响极深。回忆起儿时父亲的教导,黄旭华嘴角含笑:"我父亲一辈子为人处事都坚持'五心',就是爱心、精心、善心、信心和责任心。他在海丰的老百姓中影响很大,在当地的口碑特别好。"在海丰尤其是在田墘,至今仍传颂着黄老的父亲

□ 黄旭华的父母

黄树榖、母亲曾慎其济世扶贫的善举。

20世纪20年代的汕头，相比较周边地区，可是个鱼米之乡。当年，黄树榖、曾慎其夫妇及其一大家子都生活在汕头，他们完全可以选择在城市周边行医，按照当时的市区商业环境，养活一家人肯定不成问题。然而，他们最终却选择来到偏僻的乡下——海丰田墘开诊所。为什么呢？小时候，黄旭华也这样问过父亲。父亲告诉他，因为海丰穷啊！这里临海的都是盐碱沙地，种不了稻谷，村民也就特别穷。但是，正因为穷，这里的群众就特别需要医生。所以，父亲和母亲反复商量，终于还是选择到最需要医生的地方安家落户。父亲把"行善"这一坚守终生的信念，落实在点点滴滴的行动之中；如今，这一信念也伴随了黄旭华一辈子，继续在他的身上闪闪发光。

黄树榖是个性格刚毅的人。尽管没有就读医学院，没有接受正规的医学教育和培训，但他热爱学习，也善于学习，从实践中来，到实践中去，终于成为享誉当地的一位名医，以善治各种疑难杂症著称。黄树榖的亲身经历，让他一直希望自己的儿子们能得到更好的教育，将来能够成为更好的医生。

正是出于对教育的重视，黄树榖牵头在田墘创办了一所叫树基小学的初级小学，并邀请知名乡贤来管理学校。但是，田墘方圆百里只有小学没有中学，孩子们小学毕业后的继续教育也成了问题。于是，热心的黄树榖又组织创办了白沙中学，并亲自到香港邀请有识之士林悠如先生担任校长，成为当地名流办学的一个典范。

时隔80余载，说起这些往事，黄旭华依然热血激荡："父亲的性格非常正直刚强，有两件事可以看出父亲的这种秉性。"

黄老告诉我们："当年的某一天，日本鬼子闯到我们村里，还让父亲给他们办事，父亲坚决不干！鬼子气急败坏，把刀架到父亲的脖子上了，父亲挺直腰杆，不干就是不干！当时我不在家，家里的弟弟妹妹们都吓坏了！

"还有另外一次，当时有一个抗日部队驻扎在白沙学校的'红楼'。某个深夜，'红楼'被日本鬼子包围了，激战中，抗日部队有一百多位战士牺牲了。当时，父亲带着另外一个老乡，冒着枪林弹雨到阵地察看，秘密救治、转移伤员，随后还悄悄安葬了烈士们的遗体。

"父亲身上那种坚贞不屈、爱国爱乡的品格一直影响着我，成为我人生路上学习的榜样。"

黄旭华的母亲曾慎其，是海丰田墘有名的妇产科医生，一辈子为十里八乡的乡亲们接生孩子。"当年，不管白天黑夜，刮风下雨，只要有人上门来请母亲去接生，母亲总是马上放下手边的一切，拿起药包就走，就连自己家里还在哭闹的孩子也顾不上。这一去，总是要等到产妇母子平安，母亲才会回家来。"说起母亲的往事，黄旭华的敬慕之情溢于言表。

按照潮汕地区的习俗，产妇如果生了儿子（俗称"添丁"），家里必定要准备一个"红包"送给接生医生的，类似于诊金。但曾慎其接生助产收取诊金时，却常常要先考虑产妇的家庭经济情况，不拘多少诊金，从来都不跟人家计较。有些产妇的家庭经济实在困难，连一点诊金都付不起，曾慎其也往往一笑置之，连声说："没关系没关系，等孩子会说话了，来叫我一声'干妈'就好。"也因此，她老人家有了无数的"干儿子"。

到底母亲有多少个"干儿子"？到底有多少孩子叫过母亲"干妈"？黄旭华乐呵呵地笑着说"我们都不知道"，只知道母亲百岁大寿时，一家人在肇庆的七弟家里准备的寿宴，先后来了近百个"干儿子"给母亲祝寿，他们都亲切地叫母亲"干妈"。

黄旭华说："我如果有一点成就，有来自父亲、母亲基因的极大影响，让我在今后的人生中，不管遇到什么情况，都能够克服困难、从容应对，艰苦奋斗、顽强拼搏。这些都是父母从小对我的教育。"

2. 父爱如山　孝子情长

核潜艇是事关国家机密的事业；选择了核潜艇，就意味着可能要一辈子隐姓埋名、六亲不认。

曾经在父母兄弟姐妹眼中，黄旭华就是这样一个"忘恩负义"的"不孝子"。每每念及此事，黄旭华都要红了眼眶、哽咽了声音，"父亲是带着不甘和不解离开这个世界的。他至死都不知道自己儿子是干什么的呀！"

面对这位"赫赫无名"、多年背负兄弟姐妹不解的老人，我们只能眼含泪水，静静地听，听着他语带哽咽地讲述，声声呢喃把我们带到了悠远的往昔。

人生的选择，往往就在那关键的几步。父爱如山，父恩重于山。然而，当忠孝难两全时，在"国"与"家"之间，黄旭华到底应该怎么选择呢？

中国知识分子的血脉里，其实一直深深地流淌着"孝"的基因。

孔子创立"仁学"，"孝"是"仁"的重要内容之一。《论语·学而》说："孝悌也者，其为仁之本与！"在儒家学说中，孝顺父母，敬爱兄长，是实行仁德的根本。而中国最高境界的"君子"必须"务本"，"本立而道生"。所以，千百年来，尽管社会不断变革，但传统的"孝道"依然在中国人的心底根深蒂固。

"孝"的内涵包含了"生，事之以礼；死，葬之以礼，祭之以礼"，孝子必须合乎"礼"。作为子女，"事父母，能竭其力"，生，必衣食供奉，示以尊重与关怀，使之身心和悦；死，"葬之以

□ 黄旭华故居外景

礼，祭之以礼"。这是"孝"的重要组成部分。

"其为人也孝悌，而好犯上者，鲜矣；不好犯上，而好作乱者，未之有也。"在孔子看来，一个人倘若在家庭中能讲孝悌，在社会上就能守秩序，不会违法乱纪。这就是"孝"的政治与社会功能，"孝"可以促进社会的和谐安定。所以，不管社会怎样发展变化，父母的物质赡养以及精神生活的满足都是子女的"孝心"范畴，而"葬礼"自古至今更是表现"孝道"、维系家庭和睦、推动社会发展必不可少的道德内核。

黄旭华不是"圣人"，但他当然是传统意义上的"孝子"。"如果跟组织汇报，组织应该可以同意的，回家看父亲最后一眼是人之常情，但是，核潜艇到了研究的关键时刻，我怎么能给组织出难题？！"

有国才有家！在"家"和"国"的面前，黄旭华只能以国为先。

□ 黄旭华故居内景

他，艰难地做出了自己的选择："我不能把难题交给组织，我必须自己忍着。所以，我当时没有提出来想回家。宁愿自己忍受着巨大的痛苦，也绝不给组织添麻烦。"

1985年3月，又一个噩耗传来：黄旭华那时年65岁的二哥也病逝了。当时，他年迈的老母亲极其悲痛——一位母亲失去儿子的悲痛是常人难以想象的，而她的三儿子黄旭华离家快30年了也一直渺无音讯！巨大的悲痛几乎压倒了这位坚强的母亲。

"有人问我忠孝不能双全，我是怎么样理解的。我说，对国家的忠，就是对父母最大的孝。"黄旭华说，"核潜艇是绝密工程，当时很多年轻有为的同志因为种种原因，被迫离开这个岗位。组织上这么信任我，我很珍惜这份信任，我要在这个岗位上为国家做出最大的贡献。"

孝子情长。我们看见他泪光闪烁，但，声音执着坚定。

他说："越是要有成绩，就越需要把自己埋得深，就像深海里的潜艇一样，没有声响，但有无穷的力量。为了积蓄这撼山震地的力量，忍受也必须超乎寻常！"

"献身核潜艇，这是我坚守一生的理想！"

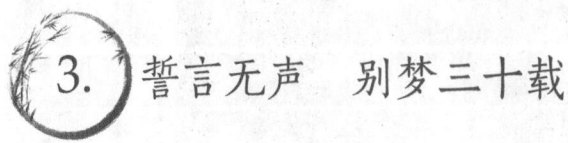

3. 誓言无声　别梦三十载

1985年，《解放军报》刊登了我国成功造出一艘"新船"的短消息。"新船"，其实就是核潜艇！彼时，我国的核潜艇事业有了巨大进步。

1986年，黄旭华到广东大亚湾出差。老家近在咫尺，他终于向组织提出，想回家看看。

此刻，离他1957年出差到广东，经组织批准回了趟老家过元旦新年的那一次，已经足足过去了30年！

30年！30年！

30年，对一个人来说，是一生的重要岁月。

可黄旭华却是一去杳无音讯，从30岁离开老家一直到60岁才再次回家！他的母亲曾慎其，也从63岁一直等到93岁才等到儿子回家！

这次重逢，一切都必须在前面加上一个"老"字：老母亲、老兄弟姐妹、老乡亲……而父亲和二哥都已永远地"老去"了。

此时此刻，黄旭华依然清晰地记得当年老母亲那布满皱纹的面容，以及那一声声含悲的追问：

"儿啊，这些年你去了哪里？到底在做什么工作呀？你父亲和二哥病重，你为什么就不肯回来看他们一眼啊？"

"难道你忘记家人了吗？"

"儿啊，你有什么连妈妈也不能说的难言之隐吗？"

难道，母子见了面还要隐瞒吗？！紧紧把母亲拥在怀里，黄旭华无言以对。

□ 黄旭华伉俪回乡省亲

这30年里，父亲逝世，二哥病故，黄旭华与家人亲友彻底断绝了联系。犹记得30年前离别时，母亲拉着他的手说："我和你爸也老了，要常回来看看呀！"没想到，这一别就是30年！重逢时，母亲已经成为满头银发的93岁老人！相对凝噎，他却只能选择沉默。

在陪伴老母亲的那3天里，黄旭华心痛欲绝，但是，他还是不能说。误解、怨气、不孝的指责，他只能默默承受。不能说啊不能说，国家的秘密不能说！

面对家人的疑问和不解，他只能选择避而不谈。没能回来探望病重的父亲和二哥，成了黄旭华一辈子也无法弥补的遗憾。

他说："1941年我就离开广东老家去了桂林，直到1948年才回过一趟老家。1956年除夕再次回去的时候，母亲就讲：'新中国成立前是长年战争，交通不便，你回不了家，现在父母亲都老了，你要常回家看看啊。'我满口答应，当时寻思，我是一定要常常回来看看二老的。然而，工作所限，此后的30年里，我在父母心里，就只能是一个远在天边的信箱。"

面对黄旭华的无言以对，曾慎其就是这么一个知书达理的人。她的心里虽然免不了疑虑和不满，但出于对儿子的信任，她选择了不再追问。

自古忠孝难两全。大海的水、赤子的心，面对母亲的体谅，黄旭华内心更是充满了愧疚。

但是，事关国家绝密，他真的不能"实话实说"。

他永远记得，刚刚参加核潜艇研制工作的时候，领导就再三强调：一定要保守国家机密，不得泄露工作单位，在什么地方、做什么事情，都是国家的绝密。你们要隐姓埋名、默默无闻，甘当无名英雄。进了这个领域，就得准备干一辈子！

这些话语深埋心底，却时刻如洪钟一样在黄旭华内心轰鸣。

他说："我永远记得那三句话。第一，这是绝密单位，只进不出，就算犯了错也不能出来；第二，从事的工作绝不能对外讲，就

□ 黄旭华院士坐在儿时睡过的床头

是父母配偶姐弟兄妹这些亲人也不能讲;第三,要干一辈子,越有成就越是要埋得深,不能搞特殊。这三点记在心里,清清楚楚,绝不含糊。"

这一次告别慈母返回单位,黄旭华依然只能把亲情深埋,把愧疚与思念悄悄带走。

 赫赫无名　母爱似海

第二年,也就是1987年,上海《文汇月刊》发表了一篇长篇报告文学,题目是"赫赫而无名的人生"。文章里,作者比较详细地介绍了当时的中国核潜艇研制推进情况及其总设计师的人生经历。

黄旭华马上把这本月刊寄给了母亲。

这就是黄旭华,这就是她的儿子啊!曾慎其一次又一次,反复地研读这篇文章。她禁不住泪流满面,那些眼泪似乎直接从她的心里,一刻不停地流淌出来,带着多少的委屈与思念,仿佛要一下子流个够。

对曾慎其来说,文章里的那个人是那么熟悉又那么陌生。她反复地读,反复地推敲,长长的文章里只写了"黄总设计师",没有具体的名字,但文章里提到了一个名字,黄总设计师的夫人叫"李世英",李世英正是她儿媳妇的名字啊,这个黄旭华是告诉过她的!

原来,30年不回老家、被骂为"忘记父母养育之恩的不孝子"、她一心思念的三儿子,竟是这么一个对国家、对人民有着赫赫功勋的"大人物"!

老人家既震撼又自豪。她把子女孙辈们都召集起来,郑重地宣布:"三哥的事情,大家要理解!要谅解!"

黄旭华说:"当母亲的这句话传到我这里时,我哭了。我的母亲以我为荣啊!母亲这句话对我来说太重要了,每次想起来,我都忍不住要流眼泪。"

□ 黄旭华伉俪与百岁母亲合影

"所以，我常常说，对国家的忠，就是对父母最大的孝！"

曾慎其是1988年才第一次亲眼见到自己的媳妇李世英。有关方面解密后，黄旭华带着妻子回到家乡，在海丰农村老家跟母亲见了第一面。

两口子一进门，迎面就是摆得满满的一大桌海鲜。在这个家里，那是一个极其隆重的接待仪式。

黄旭华说："我是1956年结婚的。这么多年一直远离家乡，所以那次算是我妻子第一次跟我回家乡、见长辈，那时候距离我们结婚已经整整过去了32个年头。当时，连我们的大女儿都结婚了，第一个外孙也出生了。"

说起和老伴李世英的当年，黄旭华笑得很畅快："我们结婚那会儿可简单了，我的聘礼嘛，就是送给她一本笔记本和两条手绢。都是同一个单位的同志，其实这也就是缘分。我们都没有婚假，跑到民政部门登记结婚后，就和同事们一起在宿舍跳个舞，我们给大家发了水果糖，第二天就一起上班了。"其实，形式再怎么简约，只要感情在、感情真，看似平淡，实则深厚。这样的同心同德，才能让两个人在漫长的人生道路上相伴相依。

黄旭华说："我母亲的生活特别自立。一直到100多岁，还是自己洗衣服、浇花扫地，我妻子要帮她洗衣服，老人家坚决不肯。"是啊，获悉实情后，母亲特别理解儿子和媳妇事业上的忙碌，包容与理解让一家人和谐相处。

说到母亲，黄旭华的话儿总也说不完："我4岁的时候，母亲让我跟着二哥去上学。我自小就喜欢读书，喜欢跟着二哥上学，也默默学会了二哥的绝大部分课程。"

"有一次，二哥学校组织春游，我也想跟着二哥一起去。但是母亲说我只有4岁，走远了肯定走不动，到时还要拖累二哥，坚决不让我去，我又哭又闹还是不行。那天，二哥回来后，还绘声绘色地告诉我，春游途中碰见了一对非常可爱的狐狸什么的。这下子，我

□ 黄旭华与母亲

更是呜呜大哭起来,伤心极了。"

"有两只小狐狸,那么可爱……"此时,黄旭华的眼前仿佛又浮现出童年时自己在母亲跟前哭闹撒娇的样子。

只是小小的一件事,然而,当年他伤心的样子却让母亲一直看在眼里、记在心头。或许正是为了弥补这次缺失,在1993年的重阳节,农历九月初九、曾慎其百岁庆生时,老母亲拉着黄旭华的手去了肇庆的七星岩风景区,终于圆了一次母子同游的梦。

当时,百岁高龄的母亲一边陪着儿子游山看景,一边对他讲这件童年趣事。曾慎其是觉得,这是"欠"了儿子的一次旅游啊,直至她的百岁生日时还念念不忘,必须还儿子一个儿时的梦想。真是慈母心、孩儿福!

曾慎其享寿102岁,儿孙满堂,一家和睦。老人家去世时,赶来为她送行的,还有数十位黄家人都不认识的"干儿子"。

说不完的慈母,念不完的故人。一个为国家核潜艇事业奉献了毕生精力的磊落男儿,当他述说起童年、述说起母亲时的拳拳之心,仿佛母亲仍在跟前。

面对老泪纵横的黄旭华,我们生怕惊扰了他,就让他静静地说着,说着……

风停了,岁月静止了,我们的心都凝固了。

此际,我们再以一首《诉衷情》,诉说他的家国情怀:

别梦悠悠三十载!乡关何处在?故人驾鹤西去,百岁仍泪洒。葫芦岛,浪滔天,寝无眠,此生无悔!龙宫探险,心在深海。

/ 手记 /

崇尚英雄才会诞生英雄

习近平总书记说过,"中华民族是崇尚英雄、成就英雄、英雄辈出的民族,和平年代同样需要英雄情怀","今天,中国正在发生日新月异的变化,我们比历史上任何时期都更加接近实现中华民族伟大复兴的目标。实现我们的目标,需要英雄,需要英雄精神"。

英雄者,国之干,族之魂。以身教者从,好家风才能培育出大英雄。有良好家风的家庭里,才能孕育出有远大志向的孩子,他们懂得父母亲的期望,坚守了好的品格,选择了高尚的行为,表现出大爱与无私的人格魅力。唯有品德高尚的好家风才能孕育出时代的大英雄,并不断推动历史进步,更以其坚定信念、无畏气概和高尚品格,充实了民族的精神殿堂。

"家风正则后代正,则源头正,则国正。"家是最小国,国是千万家。家风的"家",是家庭的"家",也是国家的

"家"。正因为有了深明大义的父母亲，黄旭华才在父亲过世时选择了不给组织出难题，强忍悲痛，坚守岗位。父亲面对日本鬼子的刺刀，宁可被砍头也不出卖爱国良心的硬骨头，深深地铭刻在黄旭华幼小的心灵里！头可断，血可流，民族气节坚不可摧！因此，一忍30年！忍着父亲逝世的悲痛，忍着兄弟早逝的悲哀，忍着母亲从63岁盼到93岁！这需要怎样坚定的意志力？需要怎样强大的内心？一切的缘由，只为了对国家立场的强烈捍卫！

"中国原子弹之父"钱三强从清华大学毕业时，面临两个选择：一是去南京的兵工署，待遇高，升迁机遇多；二是去北平研究院物理研究所当助理研究员。父亲在他权衡比较的时候说：人的志趣，不能局限在眼前的待遇和升迁机会的改变。钱三强选择了去北平研究院物理研究所工作，并经努力获得了去巴黎大学居里实验室学习的机会。就在他整理行装准备出国时，"七七事变"爆发，面对国家存亡和父亲身患重疾，钱三强有些犹疑，但是，父亲忍着病痛，劝他不可以放弃。父亲说："一个男子汉，近忧是应该的，但必须有远虑，为什么弹丸之地的日本可以侵略中国？就是因为中国落后，中国没有先进的科学技术，你现在去法国学的就是最先进的科学技术，将来国家一定会用得上，你一定要走出去。"他的父亲是谁？钱玄同——我国著名语言学家、新文化运动白话文的实践者、五四新文化运动的倡导者！也许他的父亲做梦都没有想到，当钱三强再次回到祖国怀抱时，已经是世界上举足轻重的核物理专家！

万里山河，巍巍长城，正是因为有无数挺立的民族英雄才构筑了锦绣山河。透过长征将士，人们惊叹于"人类的精神一旦唤起，其威力是无穷无尽的"；走近抗战军民，人们感佩于"一寸山河一寸血"；品读这些民族英雄的事迹，我们更深刻理解到，中国为什么"一定有一个可赞美的光明前途"的美好现实。

新时代，礼赞英雄是最动人的美好乐章。李大钊在100年前就指出，"故历史观者，实为人生的准据，欲得一正确的人生观，必先得一正确的历史观"。回望历史，赞美英雄，歌颂为民族独立与强大做出贡献的英雄，是时代的职责。我们要让英雄之花在祖国大地绽放。这是一个英雄辈出的时代，崇尚英雄才会诞生英雄，争做英雄才会英雄辈出。

党的十八大以来，通过各种形式纪念英烈、表彰先进、慰问英模，健全党和国家功勋荣誉表彰制度，尊崇英雄、褒奖英模已成为一项国家大事。无论卫戍边疆安宁、挺立抗灾一线，还是养浩然之气、励鸿鹄之志，和平年代同样需要英雄情怀。眼下正是民族复兴的关键一程，更加迫切呼唤群英荟萃，更需要激荡雄风浩气。

没有革命英雄主义成就不了英雄军队，没有英雄气质塑造不出英雄国家。正如习近平总书记所说，"我们要铭记一切为中华民族和中国做出贡献的英雄们，崇尚英雄，捍卫英雄，学习英雄，关爱英雄"。当高楼大厦在我国大地上遍地林立时，民族的英雄精神大厦也应该高高耸立起来。

潜龙在渊

第二章 少年有志 旭日东升

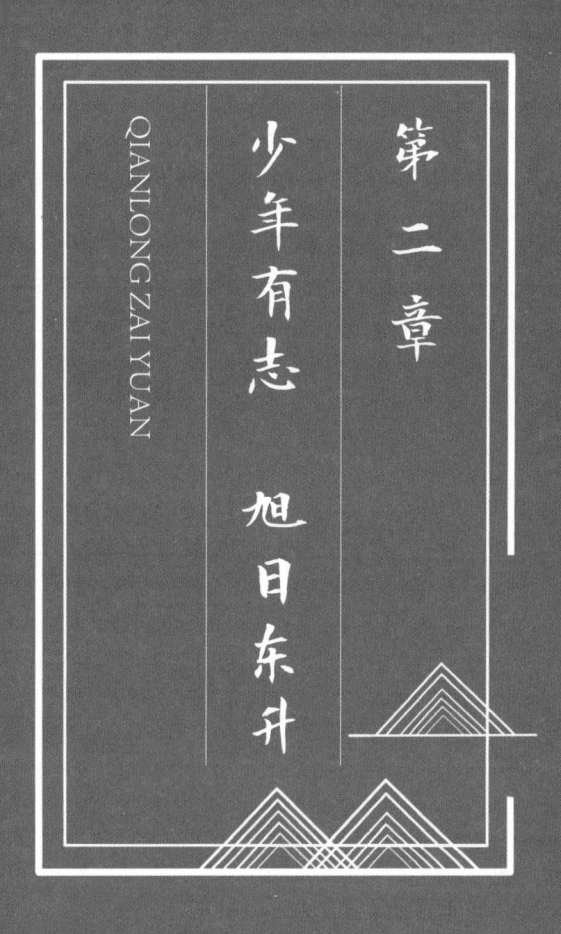

QIANLONG ZAI YUAN

"抗日战争时期，暴敌当前，我们每个人心里都感受到生死荣辱的严峻考验，日本法西斯强加于中国人民的苦难，更激起我们的民族自尊心、自信心和自强不息的信念，激发起锻炼好本领、为祖国雪耻的雄心壮志。学习来之不易，更加让我们感到知识的难能可贵，激起我们如饥似渴的求知欲望。这些，都是当时的真实想法。"

1. 母校情结　聿怀多福

见到黄旭华之前，我们其实并不知道什么叫作"核潜艇"，不懂得什么叫作"〇九精神"。

第一次接触黄旭华，那是在2002年9月29日，汕头市聿怀中学125周年的校庆典礼上。当时，我们发现了一位被誉为"中国核潜艇之父"的聿怀校友，而我们仅仅作为媒体记者，完成了一次匆匆的采访。但是，关于"核潜艇"的奋斗故事和"〇九人"的家国情怀，却深深地印在了我们心底。

从此，所有跟他有关的故事，我们悄悄收集，惦记在心，一个愿望在心底萌芽，并持续发酵、生成，让我们迸发出一种持续努力追寻的力量。

犹记得那天，我们追踪到了黄旭华下榻的宾馆，第一次与他面对面交流，聆听他的心声。那天的他，身着一件浅黄色的衬衫，朴素的装束、温和的话语、炯炯的眼神、喜悦的脸庞。他滔滔不绝地诉说，于是，我们知道了，他是聿怀中学的校友，他与潮汕地区有着一段血肉相连的生命历程。讲到深情处，他眼中闪烁泪光，而我

们只能安静地倾听，生怕惊扰了他的思绪与深情。

那个晚上我们连夜赶稿，一篇3000字通讯《中国核潜艇之父是个潮汕人》一鼓作气赶了出来，发表在第二天的《汕头特区晚报》上。遥想当年，犹如苏东坡写海棠花"只恐夜深花睡去，故烧高烛照红妆"的心境，而"东风袅袅泛崇光，香雾空蒙月转廊"诗中明丽的意象恰如我们心中升腾起的对黄旭华达观胸襟的描摹。如今，时隔10余年，此种感觉更加强烈，我们追星般地追寻着他！

2016年，当90岁的黄旭华出现在中央电视台《开讲啦》节目中，我们的心沸腾了！这是《开讲啦》最年长的演讲者，他娓娓讲述着自己谜一样的人生历程，现场一阵又一阵的热烈掌声经久不息，不少人更是悄悄抹起了眼泪。主持人撒贝宁激动地说："这是我听过的最震撼、最让人心情久久无法平静的演讲！"

在上海交通大学120周年校庆典礼上，黄旭华毅然推开一早为他准备好的椅子，全程站着完成演讲。他的故事让人落泪，他的精神感染了所有的学子……

一次次采访、一个个细节、一篇篇报道……我们只虔诚地希望，透过我们的笔端，让黄旭华身上闪闪发光的精神照耀潮汕大地，照耀一代又一代的潮汕青少年茁壮成长。

创办于1877年的汕头市聿怀中学，是汕头市历史最悠久的学校之一，在粤东地区享有"一校六院士"的美誉。

2018年夏天，我们追寻着黄旭华的足迹，来到聿怀中学，见到了80高龄的聿怀老校长杨子权。

这位把曾经高考被"剃光头"的聿怀中学奋力托上今日全国示范性高中的老校长，说起黄旭华院士就两眼放光！他滔滔不绝，对黄旭华敬爱有加："黄旭华院士是'聿怀六院士'之首，因为他1994年就被评为我国的第一批工程院院士，而且也是我们聿怀最先联系到的院士校友……"

在杨子权看来，寻找校友黄旭华的过程，其实是聿怀中学不断谋求发展的历程写照。

作为汕头市的一所公办学校，20世纪80年代的聿怀中学，校名还是"汕头市第三中学"。"1982年，聿怀当年的高考成绩上线人数是'0'，是全市唯一一个被'剃光头'的学校。第二年，我来到这里当校长的时候，感觉学校师生的情绪都很低落。所以呢，我上任后的第一件事，就是要洗刷这个'0'的耻辱。"

怎么办？杨子权和学校领导一班人坐下来，认真查摆聿怀中学的优势——历经百年、历史悠久、校友众多……此后，经过多方征求校友意见，聿怀中学于1985年3月16日恢复了校名，同年成立了校友会，发动广大师生联络海内外校友，以振雄风，光大聿怀。

说起聿怀中学如何与黄旭华重续校友前缘的故事，杨子权回忆说，那是1987年春节后的某一天，已经离休两三年的陈健老师（汕头市民盟文艺支部原负责人、聿怀中学原语文教师）喜气洋洋地拿着一份《文汇月刊》，来到了校长室。他告诉杨子权，在2月10日的《文汇月刊》中，看到作家祖慰写的一篇报告文学《赫赫而无名的人生》，文中说到，造出我国第一艘核潜艇的黄姓总设计师曾就读于汕头市聿怀中学，但为了保密，文中隐去其真实姓名。

杨子权闻讯喜出望外，激动万分。"这位黄姓总设计师是聿怀校友，这是聿怀的无上光荣，这是聿怀的财富，振兴的力量！"按捺着激动的心，他一口气读完了这篇几万字的文章，我国研制核潜艇的种种艰辛、黄姓总设计师的先进事迹……这些都让他久久不能平静。

耄耋之年的杨子权老校长接连用了几个排比句，来强调他的无比激动："他，以身许国，抛家舍业，隐姓埋名30年；他，与同事一道，在一无基础、二无外援的情况下，凭着爱国主义精神、科学态度，以坚韧不拔、百折不回的意志，造出我国第一艘核潜艇，为国防现代化做出了卓越贡献；他，是国家的脊梁，民族之骄傲；他，赫赫而无名，却唯独没有忘记母校聿怀，不忘半个世纪前在聿怀生活的点点滴滴。这是何等的情结，怎么不令我激动万分！"

读完那篇报告文学，杨子权马上做出决定：寻找文中的黄姓总设计师，以他研发核潜艇的奋斗精神以及对聿怀母校的感恩之情，激发聿怀少年为振兴中华而孜孜不倦学习的动力，踏上聿怀中学的振兴之路！

感谢陈健老师这位有心人之后，杨子权急切地想要联系上这位杰出的聿怀校友，于是马上发信到杂志社询问。"当时，尽管不知道能不能得到回复，我仍然一天天数着日子在等。"杨子权说。与此同时，他也开始在大会小会、校内校外、师生校友间传递着"中国核潜艇总设计师"是聿怀校友这一振奋人心的消息，让每个聿怀人感受到无比骄傲，让这股力量成为光大聿怀的无穷源泉。"当然，我也是想借此扩大寻找的范围，找到能联络上这位校友的线索与途径。"

杨子权记得，当年由于信息渠道闭塞，一晃过去了两三年，一直无法联系上这位"黄总设计师"。终于，在一次1956届校友回校团聚的会上，当来自全国各地的校友们听到杨子权提及聿怀中学有这么一位校友至今未能联系上时，在深圳核工业部门工作的校友洪盛治当即主动请缨，表示要去帮助打听。洪盛治回深圳不久后就来电说，这位校友有可能是彭士禄，因为彭士禄是彭湃的儿子，是海丰人，也在从事核潜艇研究工作，并告知了彭士禄的联络方式。得知消息后，杨子权欢喜若狂，随即去信联系彭士禄。不久之后，彭士禄就回信了，他说，他并没有在聿怀中学就读过，聿怀要寻找的人可能是黄旭华同志，并随信告知了黄旭华同志的联络方式。

至此，历经数年，几经周折，聿怀人终于和黄旭华校友联系上了。

就在聿怀114周年校庆、陈泽霖校长100周年诞辰前夕，黄旭华激情满怀地给母校寄来一封长信，叙说了他与聿怀的因缘，他对聿怀深深的感恩与眷恋之情。相隔半个多世纪之后，黄旭华校友终于重新开启了与母校聿怀中学此后长达30年的情意深长的新篇章。

如今，30多年过去了，杨子权感慨地说，能再次遇上贵人，这就是"聿怀多福"。

当年，黄旭华在聿怀就读的名字是黄绍强。1941年，当离开聿怀时，他把黄绍强的名字留给他的二哥，而自己改名"旭华"，寓意"中华民族如旭日东升般崛起"。

在聿怀中学两年半的战时学校学习、生活经历，深深地影响着黄旭华的一生。此后，他带着为"中华民族如旭日东升般崛起"而奋斗的志向，离开聿怀中学奔向远方，为国家、为民族铸造千秋伟业。

直至1993年11月6日，黄旭华在当选为中国工程院首批院士的前夕，专程赴汕头探访当年教过他的、聿怀中学退休教师苏剑鸣老师，第一次归省母校聿怀中学，已是时隔52年！

虽说坐落于汕头市外马路的聿怀中学校园，已非黄旭华昔日就读的五经富校园，但恢复校名8年后的聿怀中学，并没让他感到陌生。漫步校园，一脉相承的聿怀气息、校园文化依然隐约可见。

杨子权陪着黄旭华来到图书馆，站在老校长陈泽霖的塑像前，黄旭华久久凝视，思绪万千："如果说我在自己的一生历程中，尚能坚持拼搏进取精神，在科研工作中有所成就的话，我决不会忘记曾经教育过我的聿怀先校长陈泽霖先生和全体师长！"感恩母校之情溢于言表、掷地有声。

离开母校时，黄旭华偕亲人在纪念聿怀中学首任董事长侯乙初先生的"乙初堂"前合影留念。这，也是黄旭华归省母校后在聿怀校园的第一张照片。此后的20多年里，聿怀校园里多次留下黄旭华的身影。虽年事已高，他却不顾长途跋涉、往返劳累，多次回到母校参加庆典活动，为师生讲演，捐款设立奖学金，表达出胸怀世界、知恩感怀的伟人襟怀。

这，就是一位"感动中国十大人物"、"全国道德模范"、磊落平生无限爱的聿怀人，在杖朝之年的聿怀情怀。

自1987年从《文汇月刊》中得知那位黄总设计师是聿怀校友，到2017年9月29日在聿怀中学140周年校庆宴会上欢聚，杨子权30年后终于能够笑问黄旭华："您是地地道道的潮汕人，在潮汕地区乃

□ 聿怀乙初堂

□ 黄旭华（右四）第一次归省母校并在外马路校区乙初堂前与亲人们合影留念

至广东全省,是谁最先联系上您的?"

黄旭华不假思索地回答:"是你,是聿怀!"

"我至今还保存着当年在聿怀中学获得的一枚奖章。这是母校留给我的珍贵纪念品,我珍藏了60多年。"黄旭华在2002年第一次返校时说道。这枚奖章为长方形,高40毫米,宽25毫米,正面为一个男子浮雕,背面刻有"汕头聿怀中学""1939""球类奖章"等字样。

□ 黄旭华入选"感动中国"2013年度人物

□ 黄旭华母校球类奖章正面 　□ 黄旭华母校球类奖章背面

黄旭华第一次返校时就把这枚珍贵的纪念奖章赠送给了聿怀中学。如今，这枚奖章在经历了80多年的岁月后，在聿怀中学校史馆"泽霖堂"里闪闪发亮。

杨子权说，聿怀学子永远不会忘记自己的母校，聿怀母校也无时无刻不在惦记自己的每一位学生。这就是聿怀人的聿怀情结！

聿怀，语出《诗·大雅·大明》，"维此文王，小心翼翼，昭事上帝，聿怀多福"，意为"笃念"，也引申为"使人归回""胸怀广阔"之意。聿怀学子以此典为荣，演绎出校训："端·毅·诚·爱"。杨子权老校长为光大聿怀殚精竭虑，他费尽心思寻找校友黄旭华院士的故事也在潮汕地区传为美谈。

如今的聿怀中学，校园林曦涵青，红棉似火，洋溢着现代化教育气息。1994年，学校被评为广东省一级学校，2000年被评为教育部全国现代教育技术实验学校。

聿怀自创办之日起，一直秉持"海纳百川，有容乃大"的办学理念，学校发展虽历经波折，但始终教学规范、纪律严明。加之华

□ 汕头聿怀中学校史馆泽霖堂

侨士绅积极捐资回馈母校，资金源源不断，师资力量雄厚，经历任校董、校长苦心经营，民国时期，以至新中国成立之后，都是潮汕地区最有名望的中学。

140多年来，聿怀中学培养了成千上万的英才。其中有共和国首批院士黄旭华，中国工程院院士、著名电机专家饶芳权，中国科学院院士、自然地理学家郑度，中国工程院院士、著名抗震隔震减震控制专家周福霖，中国工程院院士、农业昆虫学家郭予元，中国科学院院士、中国古生物学和地层学的奠基人、新中国地层古生物事业的开创者之一、新中国地层古生物教育事业的开拓者杨遵仪等六位院士，享有"一校六院士"的美誉。此外，还有著名经济学家萧灼基，著名金融家陈有汉、陈锡恩，熊猫专家潘文石，外交家张伟烈等，这些为中国发展做出巨大贡献的伟人，让聿怀中学熠熠生辉。

□ 黄旭华院士（中）在校友会上

2. 聿怀时光　虽苦犹乐

黄旭华曾经在给母校的信中写道："我读小学时就非常羡慕和向往到聿怀中学学习，盼望有一天能成为聿怀中学的学生。1937年日本帝国主义发动侵华战争。翌年春，聿怀中学搬迁至揭阳五经富，继续坚持办学。怀着报读聿怀中学的迫切心愿，不顾因战争破坏，交通中断所造成的困难，从汕尾由小路步行，经海陆丰、揭阳来到五经富，走了四天，脚都走肿了，冒出了血泡。"

1937年的夏天，黄旭华小学毕业了。他很想继续读书，但当时附近的学校都停办了，找不到学校读书，不得已停学了一个学期。为了报读聿怀，黄旭华"不顾因战争破坏，交通中断"，"走了四天，脚都走肿了，冒出了血泡"，可见，他对聿怀的"羡慕和向往"何等执着！

1938年的正月初四，黄旭华就跟着大哥黄绍忠，离家到揭阳寻找聿怀中学。当年的乡下，没有任何交通工具，兄弟俩步行了四天，穿越了海丰、陆丰、揭阳，来到五经富。

当时，他见到的聿怀中学陈泽霖校长很严肃。这位从英国留学归来的精英人士，对聿怀中学的发展做出了极大贡献。"我说我想读书，但身上没有钱"，"陈泽霖校长就说，没问题，先吃饭吧，学费学校来安排"，"走路走了几天，我们都饿坏了，校长看出我们好几天没有吃饭还坚持找学校，很感动"。

那么，"聿怀"在黄旭华充满传奇又爱国的人生历程中给他种下了什么样的种子呢？

战火硝烟从来吓不住勇敢的中国人。黄旭华辗转来到揭西山区五经富校舍，和他的老师同学们，坚持在日寇飞机的轰鸣声中、坚持在简陋的草棚里上课。

那时候，只要日寇的飞机一来轰炸，老师们就马上提起小黑板，带着学生钻进甘蔗地，然后就在甘蔗地里继续上课，有时候也转移到山洞里或是周围其他比较安全的地方。但不变的就是：上课上课上课、坚持上课。黄旭华说："那时候，尽管我们上课就像打游击战一样，但老师讲课很认真，学生听课也很认真。"

回忆的声音穿越了时空，回到了那个生活条件极其艰苦的学生年代。那时候，师生吃住基本都在学校里，只能吃稀饭，没有办法吃饱。白天上课，晚上大家还坚持自习，没有电灯，照明工具都是自制的，用碟子或者空了的墨水瓶，装上一点豆油、菜油，再弄一根棉纱做个灯捻子，一点就亮了，这就是他们的"灯"。

但是，条件虽然艰苦，学习秩序却井井有条。课程设置也很全面，语文、数学、物理、化学、英语、动物学、植物学，什么都学。"我们过得很快乐，不管是学习还是生活，老师都在身边陪着我们，师生的感情特别好。"黄旭华回忆说。

黄旭华在给母校聿怀中学的信中写道："五经富地属山区，环境闭塞，办学和生活条件都很困难。白天为了躲避日寇飞机的肆虐轰炸，师生们都是课本、笔随身带，一有敌情，即采取'游击战术'，到野外找个比较隐蔽的'天然课堂'坚持上课。晚间自修则是在墨水瓶做成的煤油灯下复习功课，认真做作业。记得一个晚上，夜深人静，草棚教室突然起火，火势凶猛，将师生从梦中惊醒，全校迅速奋力抢救，及时将火扑灭。第二天清晨，同学们自觉地将被烧的教室清理干净，继续在那里上课。我们就是这样，一方面是简陋而非常艰苦的学习、生活条件，另一方面是朝气蓬勃、勤奋刻苦的学习精神。由于暴敌当前，我们每个人心里都感受到生死荣辱的严重考验；由于学习条件来之不易，更加感到知识的难能可贵，激起如饥似渴的求知欲望；由于日本法西斯强加于中国人民的苦难，更激起民族自尊心、自信心和自强不息的信念，激发起锻炼好本领，为祖国雪耻的英雄壮志。这就是我们当时的基本思想。打好基础、练好本领，这是同学们对自己的共同要求。"

□ 聿怀中学五经富校舍

"学校在强调热爱学习，争取优秀成绩的同时，也强调要热爱祖国，热爱生活，做一个全面发展的好学生。学校里各种反映抗日爱国思想的壁报、话剧、歌咏、体育等文体活动非常活跃。同学们曾组织抗日宣传队到棉湖等地宣传演出。在抗战话剧《放下你的鞭子》中，我扮演小姑娘的情景至今还记忆犹新。早操锻炼，各种田径和球类比赛给紧张的学习生活增添了生动活泼、朝气蓬勃的气氛。"

黄旭华记得，聿怀办学很严谨，爱国主义教育气氛也很浓郁。"我也上台演过话剧，记得叫《放下你的鞭子》，说的是沦陷区的老百姓在逃难过程中发生的事。我男扮女装，扮演一个流亡的小姑娘。"

"那时大家恨死日本鬼子了，我大哥组织的社团叫'狂呼社'，和学校另一个社团'叱咤社'，一起组织了很多抗日宣传活动，像排演抗日话剧《不堪回首望平津》等等。"那时候，台上演得特别认真，台下看得特别动情。常常演着演着，台上台下越来越激动，抓到"汉奸"了，无数观众含着泪水一起高喊："杀！杀！"

"大家都是感同身受啊！那时我就想，长大了，我一定得为国家做一点事情。"

"大家都仇恨侵略者，校园里开展了很多抗日活动。大哥的社团为什么叫作'狂呼社'？意思就是，对日本鬼子的恨，达到了疯狂咆哮的程度。大哥当时读高中，他在很多活动中锋芒毕露，地方政府为此向学校施压，学校不得已，就让大哥退了学。"说到这里，黄旭华的语调变得压抑：一方面是因为大哥被退学了，另一方面是学习生活越来越动荡不安。

1940年夏天，战事日紧。大哥因为组织"狂呼社"被"盯"上了，不得不离开聿怀中学。"当时大哥要继续追求革命理想。后来得知大哥去了桂林。大哥一走，我的心不安起来，脑海里出现了一个冲动：追随大哥。心中朦朦胧胧，但是认定大哥是对的。我们必须寻找一个能安心读书的地方，然后，才能做有益的事情。"

于是，黄旭华把原名"黄绍强"留给二哥"绍振"，以便他在聿怀中学使用、继续求学；自己则改名"旭华"，盼望着有一天，中华民族能如旭日东升！

□ 聿怀中学原校门

"我在聿怀中学两年多的学习生涯虽然短暂，但在漫长的人生旅途中，却是影响很深、至关重要的一页。我在聿怀所受的教育、陈泽霖校长和老师们的优秀品德，他们的知识传授，就像甘露般滋润我的心田，为我以后继续追求学业上的进步，为我思想日趋成熟打下坚实的基础……聿怀中学留给我的是难忘的美好回忆和深深的眷恋之情。"

□ 聿怀中学西楼

"凭着在聿怀中学奠定的比较坚实的初中基础，我顺利地进入桂林中学，进而在重庆考取上海交通大学。"

这一切，深深反映了一位伟人的感恩情怀，也体现了一位智者的理性思考。

3. 有志少年　桂林求学

"大哥离开了聿怀，我呢，也觉得自己留下来很难安心学习。"回忆起当年艰辛的求学路，黄旭华的声音低了下来，恍如那些动荡的岁月依然在眼前。

那一年，他先是来到梅州，想报考梅州中学或东山中学，可已错过了招考机会，无奈进入了教会办的广益中学。为了寻找能够安下心来读书的地方，翌年经兴宁、越韶关、奔砰石、掠湖南，来到抗战后方桂林，顺利进入桂林中学读高中。从梅州到桂林，一路上食无定时，居无定所，三天两头挨饿，饿得身上直冒冷汗。他一路漂泊着，像是无根浮萍，可还是没有放弃求学，向着大哥所在的桂林奔去。

一进入桂林，扑面而来的事实却让他震惊又失望：原本以为终于来到一个可以安心学习的大后方，实际上却是满城硝烟战火。城市上空，日本鬼子的战机不时飞掠而过，随时都是一通狂轰滥炸。

黄旭华说："桂林依山傍水，原本是很美的城市，但那时候感觉不到美，就知道天天都要拉警报、躲空袭，就知道躲避空袭要马上上山，躲到山洞里去，每个山洞都挤满了人。一阵狂轰滥炸就可能看到残肢断臂，路边、树上，都看到过，都是来不及躲避鬼子空袭的受难者，真是惨不忍睹！"

看着这样的桂林城，看着老百姓朝不保夕，每天的日子都备受屈辱，吃不饱、穿不暖，生命毫无保障，黄旭华明白了：这里也很难让自己长久地安心读书！

几经辗转，黄旭华终于考进了桂林中学。这是一所历史悠久的知名学校，创建于光绪三十一年（1905年）。当年，清政府废科举办新学，在全国推行新学堂，由广西巡抚张鸣岐倡议，建立了"桂林府中学堂"，校址定在"府学"旧址。当时的桂林中学，对面是较为进步的三联书店，旁边是八路军驻桂林办事处。黄旭华说："当时，我还见过穿着八路军制服的人在那里出入。"

桂林中学实行半军事化管理，学生全部内宿。男生一律剃光头，女生留短发，统一穿着蓝色军装，戴领

□ 青年黄旭华

章，佩胸章，束腰带，打绑腿，胸章上还有每个人的名字，俨然是一个"准军人"。一颗星是初中生，两颗星是高中生。学生平常不许外出，礼拜天外出必须请假。即使外出也要"全副武装"，并在规定的时间内回学校。

学校各种管理很严格，设有禁闭室，触犯纪律、私自外出、违反校规等都要"关禁闭"。

黄旭华现在还保留着自己一张桂林中学时期的照片，领章上缀着两颗星，代表着高中生。

抗战时期，桂林作为大后方，集聚了很多文化名人，文化氛围浓郁。田汉、欧阳予倩、夏衍、丰子恺、竺可桢，甚至李宗仁等都亲临桂林中学演讲。当时，国民党政府和桂系军阀李宗仁、白崇禧等人对教育颇为重视，因此桂林中学办学条件还算比较优越，教学管理严格，在战争年代相对来说还是一个求知向学的好地方。

当时的桂林中学师资力量雄厚，很多教师都很有名望。黄旭华清楚地记得，教英语的老师正是我国著名翻译家、姑苏才女柳无垢，她是柳亚子先生的女儿，新中国成立后还担任过宋庆龄的秘书，出任过外交部政策委员会秘书长等政府要职。柳无垢光明磊落，富于正义感，见闻广博，阅历深厚，常常在课堂上抨击时政。她的课堂激发了少年学生的爱国热忱与良知。

柳无垢老师和蔼可亲，与学生们亲密交往，是学生们最敬爱的老师之一。黄旭华曾经请教她："为什么日本鬼子想登陆就登陆，想轰炸就轰炸？为什么我们中国老百姓不能生活在自己的土地上，却要四处逃难、妻离子散？""老师告诉我：因为中国太弱了！弱国就要受人家的欺凌，受人家的宰割。"

"中国之所以弱，就是因为政府腐败、国防科技太落后了。"从那时候开始，黄旭华坚定了自己的选择，"我不学医了，我要造飞机、造大炮、造军舰！什么能打鬼子、能救国，我就选择什么。把我的生命用于发展国防科技，我觉得很有意义，无怨无悔。从

1958年一直到今天，我一直坚守我的信念，我从没离开过我的岗位。假如生命倒流，我依然会做出相同的选择。"

"从想当医生到决定科学救国"——这个目标在他颠沛流离的所见所闻中，在他求学不得的亲身经历中，已经越来越坚定了。

4. 爱国至上　无悔选择

三年后的1944年6月间，黄旭华在桂林中学临近毕业。当时，由于长沙战事失利，学校匆忙安排学生们照完毕业照、发放毕业证书，就宣布毕业。桂林战争即将爆发，再也无法在桂林报考大学，黄旭华决定：转赴重庆参加大学招考，为了造飞机、造大炮、造军舰的理想！

在这里，我们要补充描述黄旭华桂林中学的几位有着共同理想的同学，他们接下来还要结伴经历人生一段重要的逃难求生历程。当时，黄旭华的这些朋友是强自强、汪胡熙、以体媒、吴道生等同学，而他最要好的同学是强自强。

强自强的父亲是国民党的一个高级将领，但他没有官家子弟的骄横，聪明好学，随和友善。在与黄旭华一同去重庆途中，他考取了浙江大学航空系，参加过著名的"两航起义"，新中国成立后又到上海飞机制造厂工作，任该厂副总工程师。该厂1958年成功研制了我国第一架水上飞机"飞龙一号"。

汪胡熙的父亲汪胡桢是我国著名的水利专家，我国现代水利工程技术的开拓者，被水利界誉为"中国连拱坝之父"。汪胡桢15岁那年，其父亲因病去世，生活的艰辛使少年的汪胡桢养成了勤劳简朴的习惯。他刻苦学习，1915年中学毕业后以第一名的优异成绩考上了河海工程专门学校，成为中国近代水利科学家李仪祉先生的学生。在李先生的教育和影响下，他懂得了"什么是水利"，立志改造自然，征服江河，振兴中华。汪胡熙是汪胡桢老先生唯一的儿子，传承了父亲爱国奉献的精神，1950年从浙江大学土木系毕业后，就参加了中国人民志愿军铁道兵团奔赴朝鲜参战。回国后，又继续转战新疆、四川等山区，历任铁道兵团各铁路新建工程总工程师、计划主任、科研所研究室主任等职。

以体媒是回族人。他在广西师范大学毕业后一直从事教育工作，先后在桂林师范、兴安师范、桂林地区高中（现桂林市十八中学）执教，被评为特级教师。90多岁的以体媒与黄旭华尚有来往，他培养了一家11位人民教师，祖孙奉献教育事业的事迹被誉为"四世家传、一门师表"。

吴道生的父亲是国民党高级军官，也是一个进步人士。蒋介石曾派他去江西剿共，他拒绝受命并一气之下退伍了。吴道生考上中央大学建筑系，受其父亲的影响一生不从政，在汕头一家建筑公司工作直至退休。

离开桂林的那一天，桂林城似乎迎来了难得的平静。然而，当黄旭华和强自强、吴道生、汪胡熙、以体媒等几个相约同行的同学来到火车站时，却傻眼了。火车站挤满了人，到处人山人海。原来，就在前一天，日寇向桂北发动进攻，桂林告急，形势急转直下，大家都急着离开桂林。

怎么办？他们几个人异口同声："无论如何都必须挤上火车！"

急急急，挤挤挤！一阵慌乱中，大家的行李全都挤丢了。还好，几个人都上了火车。上了火车也不容易啊，车厢里挤不进去，几个学生只能站在车厢门口，紧紧抓着门口的扶手，防止掉下去。睡觉怎么办？黄旭华把长裤脱了，一端系在自己腰上，另一端系在门把手上，不时地打个盹。就这样，大家一起挤火车、坐长途汽车，一路跋涉，一路颠沛，经过柳州，到了贵阳。

此时，大家的钱也全部花光了。幸好有桂林中学的同学在贵阳上大学，就把他们几个收留在学校里面，解决了吃住的问题。但是，他们的目的地是重庆啊！

"吴道生同学的父亲是国民党的高级军官，他给我们安排到一个军车检查站，在这里等，终于等到一辆要往重庆去的军车，就把我们几个学生捎上。什么军车啊？不知道，就看到一车的炸药，我们四个人就藏在车厢里，背靠炸药包，向着重庆进发……"

他缓缓地述说着，眼里含着笑，脸上闪着光。真的，少年多艰难，是人生的一笔财富。艰难磨炼了意志，坚定了理想，也结识了真正的朋友。

经过漫长跋涉，一路千辛万苦，他们终于到达重庆。但是，那时候，他们已经错过了报考的时间，各个大学的招考都结束了。悲喜之间，他却于此刻收到了唐山交通大学（因战乱几经迁转，当时办学点在贵州平越）的录取通知书！可是，那时候已经没有办法再转回贵州了。

这是一个青年人的悲哀，也是一个国家的悲哀，一个民族的悲哀，一个时代的悲哀！仅仅为了一个安心求学之所，有多少有志青年一直在辗转而不得其所啊。

何去何从？黄旭华陷入了深深的迷茫和思索：从来，个人的命运就是与国家和民族的命运紧紧地结合在一起的。这个问题，绝不仅仅是他一个人需要面对的问题。

当时流亡到重庆的青年学生还有很多，为此，重庆国民政府还专门成立了一个收留流亡学生的收容所。随后，教育部为错过大学招考的青年学生们特设了一个大学先修班，为大家提供一个庇护和学习的场所，让大家一年后再考大学。黄旭华也跟着大家在这个先修班学习。

一年后，先修班结束，要考大学了。此时，黄旭华的人生再次面临重大选择。当然不学医了，坚定地选择造飞机、造军舰！"什么专业能打鬼子、能救国就选择什么专业"，这个志向已经在他的心里生根发芽。当时，黄旭华填报的第一志愿是中央航空大学，学习造飞机；第二个志愿是上海交通大学的造船系。

有志者事竟成。1945年，19岁的芳华青年以优异的学业，被保送至南京中央大学航空系；紧接着，又以第一名的成绩，换来了上海交通大学造船系的录取通知书。

或者是从小生长在海边，黄旭华对大海有着深厚的感情，对乘风破浪有着坚执的自信。他，最终选择了上海交通大学造船系！

只有拥有强大的科技实力，国力强盛起来，国家才不会受欺负，老百姓才能扬眉吐气。日本鬼子不是想登陆就登陆、想轰炸就轰炸吗？不！我们一定要造出一艘艘的军舰，对侵略者迎头痛击。犯我中华者，虽远必诛！

此时，黄旭华的眼前仿佛出现了那片蔚蓝的大海，旭日东升映照下，一艘艘巨轮乘风破浪滚滚向前。

回想他离开聿怀中学时郑重易名"旭华"，寓意要追寻中华民族的崛起之路，显示了他对祖国必定会旭日东升的坚定信心，以及要为中华民族强大贡献力量的爱国情怀。

□ 上海交通大学前身：国立交通大学（1946—1949）校区原貌

我们仿佛看到，一个爱国青年在祖国多难时刻，满怀雄心壮志，坚定地期盼着伟大祖国如旭日东升喷薄在世界东方。

/ 手记 /

选择做一粒种子

"我们共产党人好比种子，人民好比土地。我们到了一个地方，就要同那里的人民结合起来，在人民中间生根、开花。"曾经，毛泽东同志把共产党人比作"种子"，要求共产党人在人民的土壤里生根开花。如今，黄旭华的人生选择，就像一粒能够开花结果的种子，深埋在祖国的土壤里，等待有朝一日学成实现报国宏愿。

什么样的选择就有什么样的人生。1947年，只有34岁的钱三强晋升为法国科学研究中心的研究导师，然而所有同事都没有想到的是，正处于科学研究巅峰的他竟然做了一个所有人都不能理解的决定：离开居里实验室，回到中国！临别前，小居里夫人还写下了这样的评语——"我可以毫不夸张地说：10年期间，在那些到我们实验室并由我们指导工作的同时代人当中，他最为优秀！"此时，他离开中国已经11年，从一名清华学子成长为一位卓有成就的实验物理学家。如果他继续从事科学研究，所有人都确信，他一定会更有建树。然而，回国后，为了祖国，他义无反顾献身国家、牺牲自己，投入到一项更加伟大的事业中去——为新中国研制原子弹。像这样的选择，是我国早期一大批科学家义无反顾做出的抉择！

种子的本色是质朴的。1947年底，在英国留学9年的彭桓武搭上开往中国的海轮。这位未来新中国的"两弹一星"元勋在回答记者"为什么回国"的提问时，激动地说："回国不需要理由，不回国才需要理由。"朴实之语其情切切。黄旭华院士当年的选择，也只是一种朴实的愿望："学医固然能够拯救百姓，但是，为什么日本鬼子想侵略就侵略，想轰炸就轰炸，都是因为我们太弱！弱国就要被欺负！所以，什么可以救国强国，我就选择什么！"这是种子般的质朴和纯粹。他们的爱国是本色，奉献是本分，"爱国是不需要任何理由的"，老一辈科学家的朴实理想，让我们读懂了平凡中的伟大、质朴中的辉煌。

于是，王淦昌、郭永怀、邓稼先、朱光亚、程开甲、彭桓武等一大批留学海外的著名科学家，冲破重重阻挠回到祖国，加入研制核武器的行列。此后，他们在学术界销声匿迹。钱三强在写给居里夫人的一封信中说："我不知道我是否还能回到我的科研工作中。但从另一方面说，我知道人民的胜利不是一件容易的事，为了能获得彻底的胜利，每个人都应当做出自己的贡献，我这也是为胜利而牺牲！"一个科学家就是一粒种子，他们在祖国需要的某一个地方，在那里积蓄力量、酝酿创新，牺牲自我、书写传奇。正是因为有众多扎根祖国大地的种子默默奉献，共和国的巍峨大厦才这样稳如泰山。

种子的精神是坚韧的，他们因为有了梦想与情怀，有了初心与行动，无论被风刮到哪里，无论被小鸟衔到哪里，无论面对怎样恶劣的环境，生命不息，奋斗不止，坚韧的种子总会发芽，总会结出饱满的果实。夏衍先生在散文《野草》中赞叹植物种子是世界上力气最大的。种子的力量来源于向往阳光的"向上"，更来源于扎根沃土的"向下"。有了土地作根基，有了雨露的滋润，顽强追求的种子就会突破内核，干出"惊天动地"的伟大事业。是啊！只要学习种子甘于寂寞，集聚迸发的个性，微小的生命也能在大地开出绚丽的花朵，平凡的人也能收获丰硕的果实。

潜龙在渊

第三章
静水流深 深海壮歌

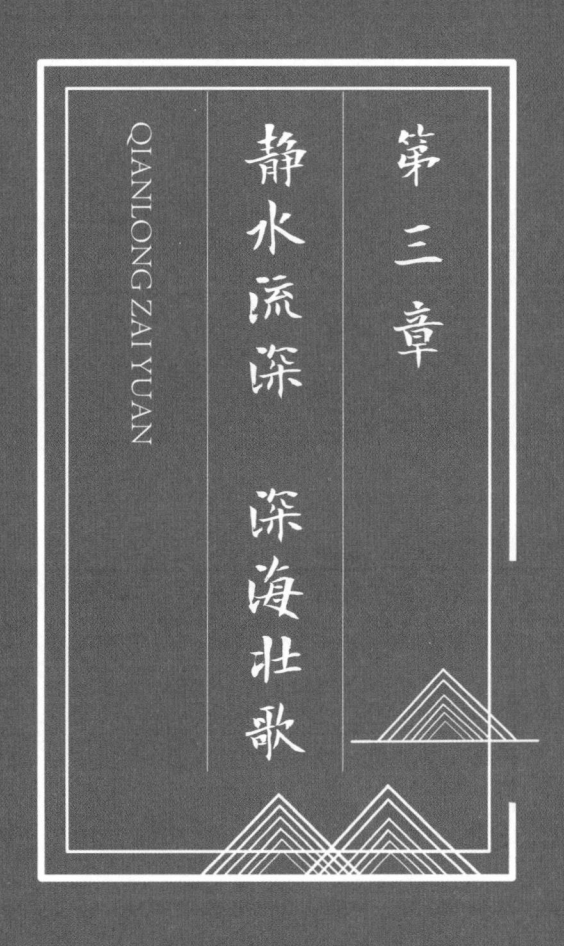

QIANLONG ZAI YUAN

"感动中国"之黄旭华颁奖词：时代到处是惊涛骇浪，您埋下头，甘心做中流沉默的砥柱；一穷二白的年代，您挺起胸，成为国家最大的骄傲。您的人生，正如深海中的潜艇，无声，静默，但有无穷的磅礴力量。

1. "核潜艇，一万年也要搞出来！"

20世纪中叶，当新生的中华人民共和国还在医治战争创伤之际，美国、苏联等国家轮番升级的核军备竞赛已风起云涌。

核威胁咄咄逼人。从战争中走来的新中国领袖深知，中国需要和平，但和平需要铸盾。1955年4月，毛泽东在中共中央政治局扩大会上庄严宣布："我们不但要有更多的飞机和大炮，而且还要有原子弹。在今天的世界上，我们要不受人家欺负，就不能没有这个东西。"

共和国不会忘记，铸造核盾牌的日日夜夜里，成千上万科学工作者和工程兵、气象兵、探测兵、防化兵，心向大漠，集聚西北。

苏联领导人赫鲁晓夫在访华时傲慢地拒绝跟我们合作，并说："核潜艇技术复杂，要求高，花钱多，你们没有水平也没有能力来研制。"毛主席挥动着宽大的手掌，做出指示："核潜艇，一万年也要搞出来！"于是，我国启动了研制核潜艇的"〇九工程"。

1970年12月26日，我国第一艘核潜艇下水。

1971年8月22日，我国第一艘核潜艇首次以核动力驶向试验海区，进行航行试验。

1974年8月1日，我国第一艘核潜艇加入海军战斗序列，中央军委发布命令,将其命名为"长征一号",舷号401,并授予军旗。

在粮食不够还要靠野菜充饥的年代里,仅仅数年间,中国人就依靠自己的力量造出了自己的核潜艇,成为继美、苏、英、法之后第五个拥有核潜艇的国家。

祖国,在优秀儿女的心中占据着至高无上的地位。回望过去,黄旭华依然信念坚定:

"作为有过仿制苏式常规潜艇经历的29个人之一,我从最初就被选中参与核潜艇设计工作。那时,从物质到知识,用一穷二白来形容一点也不为过。但祖国需要大于天!"

"是啊!一万年太久,只争朝夕。造不出核潜艇,我死不瞑目!"

"造不出核潜艇我们不服气!"这是黄旭华当年的决心。

2018年8月15日清晨,三亚的海边,空气分外清新,海浪由远而近地奔涌过来,拍打着堤岸……让黄旭华神清气爽。他回想起那段坚定与辉煌并存的记忆,不禁心潮起伏,久久难以平静。

一段一段地述说,跳跃式地吟诵,穿越了时空。

他说:"不忘初心,是我始终如一的使命。"

他说:"现在的主题是振兴中华,为中华民族伟大复兴而奋斗,实现中国梦。"

核武器,新中国大国地位的标志,国防实力的象征。

历史将永远铭记——

1964年10月16日,中国第一颗原子弹爆炸成功;

1967年6月17日,中国第一颗氢弹空爆试验成功;

1970年12月26日,中国第一艘核动力潜艇下水;

…………

在共和国70年波澜壮阔的史册里,这些核武器带来的是荣耀与骄傲,凝聚的是自信和力量。

新中国建立之初,国防建设特别重要。获得制海权才有现代战争的话语权。海战的胜利与否,常常关乎一场战争的成败,甚至一个国家的命运。

核潜艇对海军、对海战意义重大。众所周知,当今世界最强大的武器就是核武器,而核潜艇不仅由核动力驱动,而且还能携带核弹头,这可是非常重要的战略力量。和陆地上的核弹发射器不同,核潜艇发射时是没有固定地点的,可以随时潜下深海,或者改变发射地点,甚至在被侦察到后可以迅速离开,所以说,核潜艇对于海军装备有着很大的优越性。

它被誉为深海里一个巨大而灵巧的"黑色水怪"。1954年,它悄悄潜入太平洋。这庞大的"水怪"幽灵般地游过墨西哥湾、荡过南美洲、横穿大西洋,途经欧亚非三大洲后又回到了美国东海岸,而这一切所消耗的动力,来自一块高尔夫球大小的铀燃料。如果换为柴油作燃料,则需要整整90节车皮的容量。

这个"黑色水怪",就是继原子弹之后再度震惊世界的美国核潜艇"鹦鹉螺"号!

核潜艇,就是核动力潜艇的简称,是以核反应堆为动力来源的潜艇。世界上第一艘核潜艇是美国的"鹦鹉螺"号,1954年1月21日下水,1954年9月30日开始服役,其命名源于儒勒·凡尔纳的小说《海底两万里》中的"鹦鹉螺"号潜艇。

"鹦鹉螺"号核潜艇的问世,开应用核动力之先河,被认为是现代潜艇技术发展过程中的重要里程碑之一,潜艇由此进入了一个新纪元。

黄旭华说:"刚刚建立的新中国,尖端武器对我们的意义多么重大,可想而知!"

潜艇的特点是深潜在海里,在两次世界大战期间,都显示了非常惊人的威力。它潜入水底,隐蔽性强,给敌人的军舰和海上运输造成很大的威胁。据统计,第一次世界大战中被潜艇击沉的海上运输船队占总损失的87%。一战结束后，大家对潜艇重视了，反潜技术开始出现，潜艇在水下的隐蔽性大打折扣。就算这样，第二次世界大战中被潜艇击沉的海上运输船队仍占总数的67%，交战双方被潜艇击沉的航空母舰达17艘。那个时候潜艇在水下靠蓄电池航行，而蓄电池能量有限，功率也不大，在水下速度很慢，全功率航行大概只能维持一小时，慢慢走可以维持一到两天，一到晚上它就要浮起来，通过一根通气管，启动柴油机，一边低速航行，一边给蓄电池充电。

二战结束后，各国加大投入，经过大量研究，终于找到了一种不需要空气的动力能源，这就是核动力。有了核动力，潜艇就有了这么几个特点：第一，核动力不依赖空气，能够在深海里长时间航行；第二，反应堆功率大，航速大大提高，实施远距离偷袭的可行性大大提高；第三是核燃料，一个高尔夫球大小的铀块燃料，可以让核潜艇航行6万海里。

核潜艇对海军的作用很大。一是进行海上战斗，可以进行大规模海空正面决战；二是可以保护战争期间海上运输航道的安全通行，特别是保护两栖部队的运输与任务执行；三是能够从海上支援陆战部队，协同陆基飞机共同形成与维持特定地区的空中优势，夺取陆上战争的胜利。

演习中，常规潜艇容易被发现，核潜艇就很难被发现，即使被发现，核潜艇的高速航行也容易摆脱追击。核潜艇的续航能力也大，用不着浮出水面，能有效避免空中袭击。全功率燃烧的周期是一周年，现在已经发展到跟潜艇的寿命同周期，也就是说装一次燃料就再也不用换了，这也就大大提高了潜艇的续航里程。

"这个核动力潜艇，是海军作战的撒手锏。如果装上了巡航导弹，它就是航空母舰和大型军舰的克星。如果装上了洲际导弹，那它的打击面可以覆盖世界上任何一个国家。在敌人首先对我进行核攻击的情况下，我可以保存自己，给他致命的核反击，叫作第二次核打击。和平时期有了它，就可以遏制敌人的核讹诈，保卫国家，维护世界和平。"

黄旭华说："所以毛主席讲'核潜艇，一万年也要搞出来'。我理解这句话的意思是，第一，我们中国需要核潜艇；第二，核潜艇技术困难，不是一下子就能搞出来；第三，表示我们的决心，非搞出来不可。"

到1957年4月止，"鹦鹉螺"号在没有补充燃料的情况下持续航行了11万余公里，其中大部分时间是在水下航行。1958年8月，"鹦鹉螺"号从冰层下穿越北冰洋冰冠，从太平洋驶向大西洋，完成了常规动力潜艇无法完成的壮举。此后，美国海军宣布不再制造常规动力潜艇，要将所有的潜艇换成核动力潜艇。

1956年，陈赓大将到苏联访问，正准备回国的彭士禄（彭湃的儿子）被密召到中国驻苏大使馆。陈赓问他："中央已决定选一批留学生改行学原子能核动力专业，你愿意改行吗？"他回答："只要祖国需要，我当然愿意。"

核潜艇与原子弹一起，成为当时中国的"最高机密"。"解放初，研究核潜艇要绝对保密。制度严格，我因为参加过苏联的锻炼，政治上没有问题，所以才能参与。这对国防特别重要。"黄旭华郑重地说道。

那一年，苏联的第一艘核潜艇试航成功。核潜艇，成为最重要的国防利器之一。那个时期，我国的国防技术基础薄弱，只能寄希望于苏联的技术援助。1958年，为打破美苏等国对核潜艇技术的垄断，中央批准研制导弹核潜艇。可偌大一个中国，没有一个人了解相关技术。

1959年10月1日，赫鲁晓夫访华，毛泽东曾提出请苏联为中国核潜艇研制提供技术支持的请求。赫鲁晓夫傲慢地回应："你们中国搞不出来，只要我们苏联有了，大家建立联合舰队就可以了。"高傲的赫鲁晓夫甚至提出："在中国设立长波电台，建设供苏联潜艇停靠的基地！"毛主席听后愤怒地说："过去英国和其他外国人占领我国多年，我们再也不会让任何人为了自己的目的使用我国领土！"

说到这里，黄旭华的语气骤然激烈了起来："毛主席说了，核潜艇，一万年也要搞出来！"

当听到这句话从这位92岁的老人口中一次又一次迸发而出时，我们也禁不住热泪盈眶。这振奋人心的一句话，岂止是改变了一个人的命运，更是关乎一个国家和一个民族的命运啊！

黄旭华说："毛主席铿锵有力的这句话，让我觉得把一生奉献给核潜艇事业无限荣光！"

"我们这一代人，始终把强军强国这一使命牢记在心，愿意冲锋陷阵，把血一滴一滴流光。"清晨的阳光通过窗户，照在他激情洋溢的脸上，像一个时刻准备着的战士。

"这不是一次流光，是一滴一滴地流，这是更加严格的考验，要时刻警醒自己，引己警惕！这是有意义的事情。"

他反复强调："做这一行要绝对保密！核潜艇的研制在任何国家都是高度机密，隐姓埋名是所有'〇九人'的基本要求。我入党时就立下誓言：只要党和祖国需要，我可以一次流光自己的血，也可以让血一滴一滴地流光。严守国家机密，当无名英雄，我愿意！"

当年，几乎可以闻到核战争的肃杀气息。

1954年，美国第一艘核潜艇下水，世界军事格局为之一变。那一年，在外国专家指导下，新中国设计制造出第一艘扫雷艇和第一艘猎潜艇。

1958年，主管国防科技工作的军委副主席聂荣臻向中央建议，启动研制核潜艇，很快得到中央批准，我国核潜艇工程正式立项"〇九工程"。

那一年，32岁的黄旭华是上海船舶工业管理局产品设计二室潜艇科科长。

一个夏日，他被秘密地召至北京。

"1958年8月的一天，研究所通知我马上赶到北京开会，我以为像往常一样很快会回来，什么都没带就去了。到了北京才知道，我们不回原单位了。"那时，他的大女儿还不到1岁。他没有想到的是，自己从此成了"隐形人"，匆匆一别之后，再见大女儿，已是若干年之后了，他跟女儿都成了陌生人。这种痛苦的生离，他默默承受，他始终牢记着自己的誓言。

当时，被通知到北京"开会"的一共有29人，平均年龄不到30岁，都是舰船方面的专门人才，成立了一个代号为"〇九"的研究室。几天后，聂荣臻元帅亲自给大家开会，大家才终于明白了自己的任务。

赤子忠心！

说选择难吗？不难，那颗从小就在心底酝酿的报国火苗已经在他心中熊熊燃烧了起来。

真的不难吗？也难啊，因为这一选择，意味着一辈子的坚守与执着，意味着任何情况下都不可以背离。

就这样，甚至没有来得及跟父母家人告别，他只身来到了北京。30年，始终没有告诉父母兄弟姐妹工作性质，只在北京留下了一个神秘的——145信箱。

什么是理想主义？什么是为国奉献？此时此刻，任何语言都显得苍白。

这一生，黄旭华以信念坚守、用行动证明："自己这辈子没有虚度，一生属于核潜艇、属于祖国，无怨无悔！"

祖国是什么？在他的心中，祖国是具象的，是迎风飘扬的五星红旗，是深潜滔滔大海的核潜艇！

共和国的旗帜上，有他和战友们血染的风采！

"不要问国家为你做些什么，而要问你能为国家做些什么。"

从1958年的那一天开始，至今，他一直坚守在核潜艇的岗位上，为祖国国防事业呕心沥血，奉献一生。

这时，海南三亚的海面已是微风无澜，而我们的心却随着他的述说，掀起万丈波澜。

正是：

东风第一枝　誓言无声

誓言无声，蛟龙入海，东风拂晓新暖。波涛汹涌难挡，矢志国之重任，信誓旦旦。钢铁巨鲸，蓝天下、直探海底。不怕难、深情难赋、男儿自有担当！

起艇了、浪花白眼。谁预言、潜艇万年，今朝一跃惊殊，东方万众欢呼！龙宫深处，便做欢庆春彩带，五千年蓝海沉沉，海上苍龙惊现！

2. 赤子忠心　从"零"开始

没有任何参考资料，没有任何外界援助，面对这一前无古人的难题，黄旭华和同事们的研究几乎从"零"开始。

究竟有多难？难到当时研究室的所有人根本就没见过核潜艇！

"〇九"工程研制团队共29人，却没有一个系统学习过核动力专业的研究人员，而核潜艇研究必须集成航海、导弹、计算机、核反应堆等几十个专业学科。核潜艇内仅控制阀门就有一万多个，各种仪表设备更是多达数万台（套）。而当时，中国在建造核潜艇方面所掌握的知识几乎是零，大到导航，小到螺丝钉，全部要靠自己研究、自己设计、自己制造。

"你们可能都不相信，当时，参加研究核潜艇的所有人，谁也没见过核潜艇长什么样，手里仅有的参考资料，就是从报纸上翻拍的两张模糊不清的外国核潜艇照片。"说起启动研究之初的困难，黄旭华笑称。

当时正值"三年困难时期"，各种物质条件非常困难。中央决定，先集中力量研制原子弹，所以研究室面临的困难前所未有：一个月只有8块钱的办公经费。

研制核潜艇，该从哪儿开始？黄旭华和同事们坚定信心：不怕，我们一步一步来！首先要摘掉"核文盲帽子"。大家一边学习，一边研究。不仅学习专业知识，还一起学习英语，就这样，没有俄语资料的就学习英语资料。

那时候，中国已经能造出常规动力潜艇，所以研制核潜艇的重点、难点在核反应堆动力源。研究室里只有彭士禄在莫斯科进修过这个专业，但是，尽管学过核动力，核潜艇上的核反应堆，彭士禄却也没见过到底长什么样子。

就这样，在海量的杂志里，"黄旭华们"大海捞针般寻找保密控制很严的核潜艇资料，对搜集到的零零碎碎的资料进行分析整理，勾勒出核潜艇的总体布局。

总体布局搞出来了！大家很高兴，但是，这个东西到底有多少可信度，他们的心里却也没底。

就在这时，有人从国外带回两个美国"华盛顿"号核潜艇的儿童玩具模型。大家兴奋了，把模型拆了装、装了拆，研究里面密密麻麻的设备，和他们凭借零散资料画出的图纸比对。让他们欣慰的是，图纸和模型基本吻合。

这不就验证了大家的探索吗？没错，核潜艇就是这个样子！

仅用3个月，黄旭华和同事们就提出了5个总体方案，其中3个为普通线型，2个为水滴型。可以想象的是，这3个月里，他们的日子是如何度过的！作为牵头科学家，他的辛苦就更加可想而知了。熬夜那是家常便饭，已经记不清究竟有没有正儿八经地睡过觉了，总是太困了就眯一会儿眼睛，但他们哪里睡得安稳，很快就又投入了工作。眼睛熬红了，人瘦了，但精神却很好，浑身都是沸腾着的热血。

水滴，大海的一分子，能与大海融为一体；水滴型核潜艇，摩擦阻力小，水下机动性和稳定性好。当时，世界上最先进的核动力潜艇就是水滴型。

完成这个研究设计，美国谨慎地走了三步——先把核动力装在常规线型潜艇上，再建造水滴型常规动力潜艇，最后结合成核动力水滴线型试验艇。

黄旭华和同事们却暗暗下了决心：中国的核潜艇研制，不分三步走，要一步到位！带着方案，他们一头扎进上海交大的拖曳水池实验室。

这个实验室刚建成不久，尚未通过验收，仪器仪表等装备都不齐全。为确定水滴型艇水下高速航行时的流体动力性能，他带着一帮技术人员，在实验室一待就是小半年。水池长度只有100多米，有些试验无法完成，于是，他提出，用人工增加激流的方法来弥补水池长度的不足。

反复进行了各种试验后，终于建造了一艘25米长的模型小艇，只容一人进去操纵。模型艇在北海走了一段时间，大家普遍认为，"这条艇，比常规艇好操作"。

黄旭华信心大增，毅然敲定核动力水滴型潜艇。他说："这就像部队行军，已经有侦察兵探出一条准确道路，再没有必要去走弯路。"

大家克服了难以想象的困难，攻克重重难关，仅仅用两年多的时间，就一步步走到了核动力学科的前沿。这是奇迹吗？当然是奇迹，连国外同行都难以置信。不过，这奇迹的创造，却是依靠他们钢铁般的意志。我们难以想象，他们为此付出的牺牲到底有多巨大。当他们走出实验室时，除了那一双双炯炯有神的眼睛，几乎是"惨不忍睹"了，简直无人敢认。

1961年11月，黄旭华被任命为"〇九"研究室副总工程师。

1962年底，他的妻子李世英被调到北京，一家人终于团聚。此时，距离1958年的那个秋天，已经过去了4个年头。大女儿燕妮4周岁了，印象里压根就没有他这个父亲，他叫着女儿，想上前去抱她，可是，女儿一直躲着，认生。李世英说："这是爸爸，叫啊，快叫啊！"女儿就是不敢上前，当被他亲热地抱起时，却不由得哇地哭了。

男儿有泪不轻弹，此时，他不禁泪流满面。

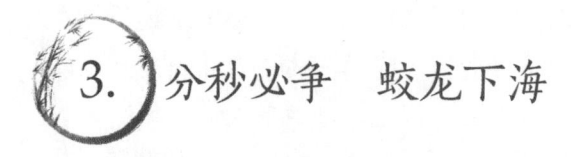

3. 分秒必争　蛟龙下海

原子弹试验成功后，中央决定全面上马核潜艇研制工作。

1965年，研究所组建，黄旭华依然任副总工程师。

次年，他拖家带口，和一批技术人员进驻辽宁的荒岛——葫芦岛。

当时岛上流传着这样一首打油诗：葫芦岛，两头大，中间小；风沙多，姑娘少，兔子野鸡满山跑。

刚上岛，他们就领教了风沙的厉害。一阵大风刮来，差点把他家的小燕妮掀倒在地。大家苦中作乐，戏谑道："岛上一年刮两次大风，一次刮半年。"他们也想过植树造林，可树苗没几天就被大风吹跑了。

而岛上粮食、生活用品的供应也十分有限，只有一间杂货铺，一楼卖米面、食油，二楼卖布匹等生活用品。在黄旭华的带领下，大家当起"挑夫"，每到外地出差，就多"挑"些物资回来。最厉害的"挑夫"，一个人就背回23个包裹，最重的一个竟达150斤！

但生活的困难算得了什么？他们的心里，始终惦念的只有一件事：早日成功研制核潜艇。

核潜艇是在深海运动的武器库和战斗堡垒，一个几千吨重的钢铁圆筒，要像鲸鱼那样在几百米深的海底遨游，其涉及的学科之杂、之难，可想而知。研制过程中的每一个细节，都是一次严格的挑战。

核潜艇数据复杂，要运用三角函数、对数等复杂运算公式。没有计算机的年代，验证核潜艇研制过程中数不清的数据，所有的计算都得靠人工打算盘和拉计算尺。所以，黄旭华笑道："我国第一代核潜艇的关键数据，大部分都是自那样的算盘开始的。"

每一个数据，都必须争分夺秒、日夜不停地计算。有时，只为验证一个数据，大家就要苦算好几天。如今，中船重工的首席技术专家张锦岚说起当年的场景，仍然觉得用算盘计算、验证数据，简直是"不可想象"的。

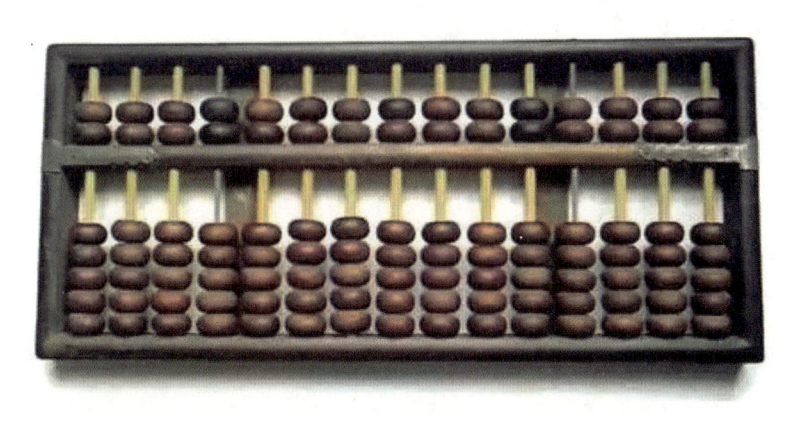

□ "〇九"工程摸索、研制使用过的算盘

黄旭华至今还珍藏着一个"前进牌"的算盘,这也是他的亲密"战友"。

首艘核潜艇几万个数据的取得,都是通过算盘和计算尺演算出来的。为了保证数据准确,他让大家分成两到三组,同一数据同时开工,算出来结果一致就通过,不一致时,就从头再来。有时候,为了一个数据,大家会算上好几天。这是需要谨慎的工作,科学来不得半点马虎。这也养成了他一丝不苟的态度。即使是为人处世,他同样一丝不苟,严格得几乎刻板。他说,我们疏忽不得啊!这是国家大事啊!

当时,他把这"土"办法称为"骑驴找马",并说:"如果连驴也没有,那我们就迈开双腿也得上路,绝不等待!"

可以想象,窗外,风沙怒吼;屋内,聚精会神。噼里啪啦的算盘声,硬邦邦的窝窝头,就成为我国第一代核潜艇工作者青春年华的生动注脚。

核潜艇能否研制成功关乎一个大国能否挺直腰杆。他带领着我国最早期的"〇九"团队埋头苦干,疾步如飞地追赶着世界科技的步伐。

为了造出"中国牌"核潜艇,大家干劲十足,夜以继日地工作。

那段奋斗的日子,虽然生活条件极其艰苦,却工作激情飞扬,也是黄旭华一生中最难以忘怀的人生片段。

核潜艇发射导弹,要先从水底把导弹推出去,升到空中一定高度再点火。"这种发射是摇摆的,比陆地发射难度大很多。"对技术问题,他一贯严谨,"稳定性对核潜艇至关重要。"

数千吨的艇,要装上几万台(件)设备,怎么精准地测出各个设备的重心,再调整出一个理想的舰体重心?

黄旭华又想出了一个"土"办法——磅秤称设备。他让科技人员深入设备制造厂,弄清每个设备的重量和重心。设备装艇时,在船台进口处放一个磅秤，每件设备一一过秤、登记，施工后的边角余料及剩余的管道、电缆，再过秤扣除。他还要求，记录的重量必须精确到小数点后两位，并逐一检查，不合格的退回去重新称。

新来的大学生不理解，认为这些事太简单，没有技术含量，私下里议论抱怨。他一一找来谈心："每个人手中的每一件小事，最终都归结到我国第一代核潜艇的性能上。稍有不慎，就可能造成不可挽回的损失。"

言传身教，黄旭华也让一批批的科研工作者，养成严谨细致的科学习惯，迅速成长。

他说："在科学的道路上没有平坦的大路可走，只有在崎岖小路的攀登上不畏劳苦的人，才有希望到达光辉的顶点。"他就是用这样"斤斤计较"的"土"办法，最终让数千吨的核潜艇在下水后的试潜、定重测试值与设计值毫无差池！

时间，时间，时间！科研路上，他常常感到时间不够用。1967年，他被勒令去养猪，直到第二年才被"解放"出来。返回岗位后，他痛感时间的流逝，更加夜以继日地加紧研制。夜半寒风刺骨，只要工厂施工遇到技术问题，一个电话，他就立即和其他同志掀开热被窝，穿起工作服，冒着零下十几摄氏度，甚至二十几摄氏度的严寒，爬山过坡，赶上50多分钟的路回到工厂，找出技术故障，和工人一起干到天明。

"文革"期间，常常是白天搞"革命"，黄旭华和一些技术骨干被拉到台上挨批斗；到了晚上，大家都会主动走到一起，加班加点，一定要把白天失去的时间补回来。

功夫不负有心人。就这样，一道道技术难关被攻克，"〇九"团队突破了核潜艇中最为关键、最为重大的"七朵金花"——核动力装置、水滴线型、艇体结构、人工大气环境、水下通信、惯性导航系统、发射装置等七项技术难题相继被攻克。

核潜艇长时间埋伏在水底，他们自然就想到要解决人的生活条件保障问题。第一个就是空气保障，所以这"七朵金花"中有一朵金花就叫作人工大气环境。在水面上，它有导航设备，通过无线电、卫星等导航。在水底下，不可能浮上来导航，那不行的。怎么办？首先要能发现敌人，知道他们的位置，然后你的鱼雷才能发射。其中包括一个被动的和一个主动的。被动的就是"听到"敌人发出的声音；但是光发觉声音不行，还得知晓它的距离和方向。通过主动发出一个声波，用声波返回来的时间就能计算距离和方向。他说："这个要求很高，但我们必须解决。"

于是，"七朵金花"就逐一"绽放"了。黄旭华说，这不是无中生有的，而是扎根实践的切实工作。所以，尖端并不神秘，综合就是创造，综合能出尖端。任何复杂的尖端技术都是在常规的基础上发展起来的，是常规的综合和提高。技术不发达的国家，可以在常规的基础上发展尖端。

踏进20世纪70年代，他和同事们终于迎来了科研工作的"丰收"期——1970年7月18日晚上6时，核反应堆起堆试验开始；8月30日，反应堆主机达到了满功率指标，晚上6时30分，起堆试验的指挥长含着热泪宣布，核潜艇主机达到满功率转数，相应反应堆的功率达99%，核反应堆顺利达到满功率！

这意味着，新中国第一艘核潜艇的心脏——核动力终于开始跳动了！

1970年12月26日，中国第一艘核潜艇下水。

1974年8月1日，中国第一艘核潜艇被命名为"长征一号"，正式列入海军战斗序列。

中国成为世界上第五个拥有核潜艇的国家。

直到今天，全世界公开宣称拥有核潜艇的国家也只有六个！

十年茫茫荒岛求索，一剑磨成天下知。

从1958年组建团队，到1970年中国第一艘核潜艇试航，在不到13年的时间里，中国创造了奇迹。

让我们伴随着黄旭华的回忆，一起走近1970年12月26日"那一天"——

那一天，是毛主席的77岁生日，我国第一艘核潜艇"401"神秘下水。

这艘核潜艇是我国第一艘鱼雷攻击型核潜艇，也是"091"系列的首艇。

这是凝结了"〇九"团队13年心血的伟大结晶！毛主席那句"核潜艇，一万年也要搞出来！"的铿锵誓言终于化为蓝天碧海下的现实。

"起艇！前行，上浮箱，横移，起浮！"

"完成！"

黄旭华清晰地记得，那天的天气分外晴朗，前一天的冷空气把整个蓝天打扫得干净明亮，"401"潜艇像一头巨鲸横卧在蓝天白云下、碧海清波间，器宇轩昂！驾驶台围壳上"401"三个巨大的白色字在阳光下闪烁。

"当年，'401'下水时艇上核燃料尚未安装就绪。"他说，核潜艇下水后，首先要进行系泊、设备联调、启堆；完成系泊试验

□ "长征一号""401"核潜艇

后，核潜艇才能出海，进行航行试验。航行试验的主要内容，则包括核动力堆的性能、核动力和应急动力的转换试验，以及潜艇的操纵、导航、声呐、武器等各个系统和噪声测试试验。

"'401'艇下水以后，我们所的主要任务，还要配合核潜艇总体建造厂和潜艇部队解决试航、试验中发现的一切问题，提出不断完善的方案，力争尽快完成该型核潜艇的设计定型，使核潜艇尽早形成战斗力。"

此后，经过4年的共同努力，完成了近600次的核堆启堆、提升功率、发电、主机试车等系泊试验，20多次累计6000余海里的出海航行，完成了水上、水下高速巡航200多次，不断优化设计，终于在1974年"八一"建军节那天，"401"艇正式交付给海军，编入人民海军的战斗序列。

黄旭华清楚地记得，1974年8月1日，海军司令员萧劲光代表中央军委宣布了《第一艘核动力潜艇命名》的命令，首任艇长杨玺亲手升起了"八一"军旗，军旗在碧海晴空中迎风飘扬。这艘被命名为"长征一号"的"401"核潜艇，缓缓地离开了军港码头，在众人激动的注目礼中，驶入大海，潜进波涛之中。

人民海军从此跨进了"核"时代。

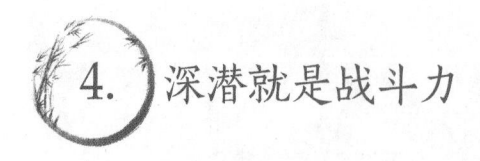

4. 深潜就是战斗力

此时此刻，或许我们应该看看世界核潜艇历史上发生的一桩桩、一件件事故，真是令人战栗！

1963年4月，美国"长尾鲨"号核动力潜艇沉没在美国科德角附近海域，129人遇难，成为世界上第一艘失事核潜艇。

1968年，美国"天蝎"号核潜艇在前往加纳利群岛途中沉没在大西洋中部海域，艇员99人全部遇难。

1968年4月，苏联一艘编号为K-172的E-II级导弹核潜艇因水银蒸汽使艇员全部中毒而在地中海沉没，90人遇难。

1970年4月，苏联一艘核潜艇在西班牙附近海域沉没，88人死亡。

1989年4月，苏联一艘M级"共青团员"号攻击型核潜艇在巴伦支海起火沉没，42人遇难。

2000年8月12日，俄罗斯海军号称是"世界吨位最大、武备最强"的巡航导弹核潜艇奥斯卡级"库尔斯克"号在参加军事演习时，鱼雷中的过氧化氢燃料发生爆炸导致该艇沉没，核潜艇上所载的118名海军官兵全部遇难。

2008年11月8日，俄罗斯海军一艘编号为K-152的核潜艇在太平洋海域试航时灭火系统出现故障，20多人死亡，21人受伤。

…………

每一次事故的背后，都是数十条甚至上百条鲜活生命的陨落。黄旭华曾经跟我们详细讲述过美国"长尾鲨"号核潜艇沉没的过程。这艘核潜艇为何沉没至今成谜，但那些依然沉没在海里的遗骸却震撼我们的心灵。

1963年4月9日上午8时许，美国大西洋西岸新罕布什尔州朴次茅斯港，"长尾鲨"号攻击型核潜艇启航。它是当时世界上最先进的鱼雷攻击型核潜艇，其设计的下潜极限深度是300米。在"云雀"号潜艇救援舰的保驾下，它开始了首次大修后的300米下潜试验。

就像大多数海上灾难一样，开始风平浪静，一切正常。"长尾鲨"来到指定海域，艇长约翰·哈维中校充满自信地下达了"下潜"命令。9时02分，"长尾鲨"潜入200米深的温跃层。温跃层内海水的温度和密度发生剧烈变化，"长尾鲨"原本清晰的通话声开始含混起来，"云雀"号收听到的水下电话断断续续。

7分钟后，"长尾鲨"发动机舱一个冷却管焊头断裂，发生泄漏。没有了冷却水，核反应堆迅速自动关机。核潜艇失去了动力，开始下沉。哈维艇长立即命令自救，紧急启动备用的常规电池动力系统，用压缩空气排出核潜艇水柜内的压舱水。此时，保驾护航的"云雀"号扬声器里，传出了"长尾鲨"上压缩空气全力喷射的"嘶嘶"声。

9时15分，"云雀"号舰长紧张地通过水下电话喊话哈维中校："你们还能不能控制住潜艇？"

无人应答。

1分钟后，"长尾鲨"号发出了遭遇严重危机的信号：900。又过了1分钟，"云雀"号接收到一个短语："超过测试深度——"

9时19分，"云雀"号监测到大海深处传来一阵具有高能内爆特性的低频噪声，这是"长尾鲨"号留在世间的绝响。

大海不动声色地关上了那道看不见的生命之门，迅疾而绝情。此时，海面依然风和日丽，波涛声声依旧。

11时04分，美国海军大西洋潜艇司令部收到一份来自"云雀"号的报告："'长尾鲨'可能超过测试深度，潜艇爆炸……正在进行扩展搜索。"

次日上午，美国海军作战部部长在五角大楼悲痛宣布："'长尾鲨'号沉没，100多名艇员全部罹难。"

曾有记者请教我们的专家："为什么设施完备的专业潜艇救援舰就在边上，还没有办法实施救援？"

中船重工七一九所的老专家说："我们计算过，在极限深度，核潜艇只要有碗大一个破损，就难以救援了。"通常是，水深每下降10米，就会增加一个大气压，极限深度之处就是几十个大气压。巨大的压力将海水通过破损处压进潜艇，这力度远大于核潜艇用高压空气将水舱中的海水排出的能力。

"长尾鲨"至今仍沉睡在2300米深处的海底。

核潜艇危险无时不在，如影随形，难以想象！

2018年8月15日，南中国海南三亚，盛夏的城市天高云淡，黄旭华老人深深沉浸在讲述的故事中，深深地沉浸在往事的追忆中。

1983年，被任命为中国新一任核潜艇总设计师的他，任务更重了，工作更忙了。

他说："技术要钻研，脑子里就会一直像足球运动的'临门一脚'一样不停呼喊'进球！进球！'"

"我爱看足球，还记得当年上海足球轰动一时，上海队临门一脚冲上去，冲上去就是一脚——'这一脚'凝聚了无穷的力量！"

"关键时刻不可能想到什么！睡不着、吃不香，怕疏忽、怕出问题，神经一直绷得死死的，但不管多么紧张，我都不能流露出来，要强迫自己轻松起来。"

核潜艇只有深深地隐蔽在海洋里，才能对敌人产生真正的威慑。1988年初，我国第一代核潜艇将按设计极限，在南海开展深潜试验。这艘从里到外全部由中国人造出来的潜艇，能闯过首次极限深潜大关吗？

这是一次极危险的试验！

"深潜才有战斗力。"我们耳边不断回响着他的这句话！

深潜有多难？

第二次世界大战中，反潜一方从空中和海面搜寻敌方潜艇，主要靠可见光观察和各种声呐。如今，搜索核潜艇的手段更多了，布满太空的间谍卫星，无时无刻不在窥视着大洋，核潜艇的红外信号、尾迹信号，甚至是微弱的电场和磁场信号特征等，都会暴露水下核潜艇的踪迹。

深海，甚至大洋深处的海沟，才是核潜艇最有效的安全屏障。只有深潜，才有隐蔽性；有了隐蔽性，才有安全性；有了安全性，

□ 黄旭华在葫芦岛试验基地（1988年3月4日摄）

才有突然性，才能让敌人防不胜防，才能一击制敌，令侵略者不敢进行战争冒险！

　　20世纪六七十年代，中国海军以近海防御战略为主，第一代鱼雷攻击型核潜艇的主要对手是谁？只能是来犯之敌的水面舰艇和水下潜艇，还有来犯之敌的战略核潜艇。

　　然而，来犯者潜多深，防御者也必须潜多深。

　　"如果，你和来犯核潜艇不在同一个深度上，怎么发现、锁定和攻击目标呢？

　　"回首启动核潜艇研制之初，虽然我们当年的科研力量和工业水平都还是刚刚起步，但我们制定的第一代核潜艇设计目标并不低。

　　"'401'艇解决了中国'有没有'核潜艇的问题。

　　"1988年我们进行了首次深潜，但我们不是到了20世纪80年代才想起深潜的，早在我国第一代攻击型核潜艇研制初期就有了深潜的目标。

□ 黄旭华（右）在观察某新型核潜艇（1988年4月21日摄）

"设计时我们就提出来，我们的'401'艇就应该既是试验艇，又是战斗艇。

"深潜才有战斗力啊！"

1988年，新型号的核潜艇须进行极限深度的深潜试验。这一次试验成功与否，将直接影响中国核潜艇能否成为大国佩剑，从而奠定中国在世界的发言权。

深潜试验，风险很大，任何一条焊缝、一根管道、一个阀门，若承受不起海水压力，都会造成艇废人亡。对此，黄旭华承受的心理压力也前所未有。

"我们的核潜艇没有一件设备、仪表、材料来自国外，艇体的每一部分都是国产的。"

"这是国内核潜艇第一次进行深潜试验。没有别人来帮你指点迷津，完全靠自己，大大小小所有的技术判断，全部都要靠我们自己。"

"当年，美国设计深潜300米能力的'长尾鲨'核潜艇，却在

□ 1988年深潜试验参试科研人员合影留念

深潜到192米时沉没，100多人葬身海底。"

"只要有一点点的疏忽，就会酿成大事故。"

"这么沉重的心理能不能承受？我告诉自己，第一要有信心，第二要确保安全。"

对深潜，他很有信心！因为"我们准备了两年，一丝不苟。每一台设备、每一块钢板、每一条焊缝、每一根管道，研制单位都反复检查，签字确认，确保万无一失"。

对深潜，他也有担心！因为"是不是绝对没有一点疏忽、没有一点漏洞？是不是还有哪些超出我们知识之外的潜在危险？我们没有经验，这是我最担心的"。

这些信心和担心，一直盘旋在黄旭华的脑海里！

"只能自己下去！一个是鼓舞人心，另一个也是在深潜过程中可以及时协助解决艇上出现的问题。再危险也要下去！我是总师，我要负责到底！"

其实，认真、细致、严谨是他一贯的科研态度和工作作风。深潜前，他要求团队做好每一个细节的准备工作，一切流程必须一目了然。

"像通海阀门、蒸汽管等八大系统的关键部位都挂上牌子，写清楚这个设备正常情况下应该怎样、应急情况下如何处置，海军艇员是谁在操作，谁在监控保驾，核潜艇总体建造厂是哪位师傅负责维修的，都一一标清楚。"

准备越深入，工作越周全，大家的心理压力就越大。当时，准备参加深潜的战士有的拍了"生死照"，要留下"最后的留念"；有的一腔热血写下了遗书。艇员董福生就悄悄给妻子留下遗书："嫁给军人不容易，嫁给干核潜艇的军人更不容易，什么事情都可能发生。我不能陪你走完一生，一辈子欠你的情。"他告别妻子时，依然没有告诉她自己要去干什么。胜利返航后，他把这封遗书珍藏至今。

艇长王福山急了，他来请黄旭华去做艇员的思想工作。

"当时，战士们都在唱《血染的风采》，热血沸腾，一副上前线准备牺牲的样子！"

"上艇后我就感觉到气氛太沉重了，就问：'你们是怎么做思想工作的？'艇长说：'我们强调这次任务的光荣啊！'"

"不对！绝不能'光荣'！工作说'光荣'，战士们会以为就是让他们去'光荣'的。不怕牺牲是崇高的品质，但我们深潜绝不是要去做无谓的牺牲，我们是要去完成崇高的使命，是要到深海中拿到深潜的数据，再回来为国家奉献青春！"

"镇定，镇定，我们要镇定！在我心里，核潜艇比我们的生命还重要啊！"

面对群情悲壮的战士们，黄旭华唯有一句话："作为总设计师，我对核潜艇就像父亲对孩子一样，不仅疼爱它，更相信它！这样，我跟你们一起下去吧，我们决不'光荣'！"

一句话点炸了整个会议室。"总师怎么能下去？"一时间群情激奋，62岁的他亮出了科技人员的自信与豪气："我跟你们一道下去！我是总师，不仅要为这条艇负责，更要为艇上乘试人员的生命安全负责。"

仅仅一句话，就把思想工作做好了！战士们的情绪调动起来了。"雄赳赳气昂昂，跨过鸭绿江！"他带头唱起了这首气冲云天的歌，歌声在激荡的大海中回旋，再直冲云霄。

艇，开始深潜下水的时候，鸦雀无声。核潜艇开始是以50米、10米下潜，后来陆续以5米、1米慢慢越潜越深，他镇定自若，指挥试验人员记录下一项项数据，直至最后胜利。

"这是一个怎样的时刻！潜艇顶壳承受着巨大的水压，多个位置咔咔作响。这样的声音在水下深处，令人毛骨悚然。"

时光过去了30年，然而说到"咔咔"声，黄旭华依然眼睛发亮，脸上发光，身体肃立！可以想见，30年前的那个时刻是怎样震撼灵魂，令他一生难忘！

我们看到，在一幅核潜艇照片中，黄旭华在振臂欢呼：胜利啦！还有另外一幅照片记录下他在出艇时的身影，脸上洋溢着的是无比幸福，他无法掩饰的深潜成功的喜悦！

当时，黄旭华还兴奋地在《潜艇快报》上挥笔写下："花甲痴翁，志探龙宫。惊涛骇浪，乐在其中！"

这是多么幸福的时刻！多少个不眠不休的日夜，多少次并肩战斗的辛劳，在这一刻都化作心中感奋的力量。

此时的黄旭华已经62岁，但是，那瞬间迸发而出的激情几乎感染了周围所有的人。

这次深潜试验，他的眼底、耳朵和牙龈都因承受压力过大而渗出了血……

他是世界上核潜艇总设计师亲自下水做深潜试验的第一人！

2018年8月，海南三亚的这个清晨，我们跟随着他的回忆，重温那个辉煌的时刻：从此，中国核潜艇劈波斩浪，遨游在深蓝的大洋之中，为保卫祖国和世界和平，释放出巨大的震慑力。

是黄旭华和所有的"〇九人"不懈的努力，在较短的时间内就走完了美苏至少用了30年才走完的核潜艇研发之路。

对中国为什么要有自己的核潜艇这个问题，他反复向我们强调："要反对原子弹，自己就必须先拥有原子弹；自己有了原子弹，还必须要有执行第二次核打击的手段，这就是核潜艇。"

为什么？因为有了核潜艇，才有了第二次核打击的能力。陆地上部署的核武器，敌人的卫星一看就全知道了，导弹多少发、在什么位置，一旦爆发战争，很容易被对手摧毁。核潜艇不一样，它可以潜到水底下几个月不出来，可以远距离游动，更可以从水下发射导弹！必须拥有核潜艇，把原子弹埋在水底下，才算有第二次打击的能力。

"所以啊，居里说过一句话，'要反对原子弹，自己就应该先拥有原子弹'，我给加了一句，'自己有了原子弹，还必须要有执行第二次核打击的手段，这就是核潜艇'。"

这就是大国重器，民族脊梁！

或许，我们有必要回望中国核力量的崛起——

1964年10月16日，我国第一颗原子弹爆炸成功，氢弹研制进入冲刺快车道。

1967年6月17日，一朵巨大的蘑菇云在罗布泊沙漠腹地炸开，昭示着我国第一颗氢弹爆炸成功，新的世界纪录就此诞生，中国以两年零八个月的时间，实现了从原子弹到氢弹的跨越，创造了世界历史的奇迹！

1970年12月26日，我国第一艘核潜艇悄然下水。

1988年4月30日，我国第一艘核潜艇深潜成功，深潜海里，为国守候。

1996年7月29日，中国郑重向全世界宣布：从1996年7月30日起中国暂停核试验。1996年9月10日，联合国大会以压倒多数票通过了《全面禁止核试验条约》。正是因为邓稼先、钱学森、于敏、钱三强、黄旭华等前辈的奋力拼搏，为我国争取了十年宝贵的核试验时间，更让中国赶在世界全面禁止核试验之前，我们的核试验达到了实验室模拟水平。

所以，30年前中国拥有了核潜艇，对于国防的意义有多么重要！今天，我们能在蓝天白云下享受和平与安稳，正是因为有了像黄旭华这样一大批"赫赫无名"的奉献者，才使祖国能够以坚挺的脊梁，让整个民族有了屹立世界东方的力量！

在惊涛骇浪的孤岛，
您埋下头，甘心做沉默的砥柱；
在一穷二白的年代，
您挺起胸，胸怀国家的财富，
您的人生，正如深海中的潜艇，
无声，但有磅礴的、无穷的力量！
敬礼！大国赤子，中流砥柱，
让我们向您，
向所有为祖国默默奉献的大国脊梁，
鞠躬！深深地鞠躬！

5. 盼来相携彩云归

"深潜成功的那一刻，她哭了！

"为什么哭？因为压在心上的大石头终于落下了，所以，她哭出来了！

"我的妻子很伟大。没有她，我什么事情都做不成！

"深潜之前,'我跟你们一起下去'的话说出来之后,我觉得我自己很淡定,没想到我的夫人比我还淡定!她面不改色,告诉我:'你当然要下去,你是总师,必须下去,为同志们负责,为人民负责,我支持你,没事的,我在家里等你!'

"原以为她会担心,会不同意,没想到她的态度这样轻描淡写。可是,当获悉深潜成功的那一刻,她哭了!她把自己内心深处一直压抑着的担忧,全都爆发出来了!"

60年人生风雨,黄旭华的夫人李世英,和他一路相伴,无怨无悔,同心同德。

三亚的海风轻轻地吹拂。说到激动处,他抑制不住地满脸通红。

世英阿姨在一旁插话了:"'国家'二字比他的生命还重要!核潜艇比他的命更重要!"

一句话,就说到点子上了。

人们喜欢说缘分天定。但是,两个人要真正走到一起、走在一起,始终不渝,风雨同舟,是必须要有共同的信仰、共同的爱好和共同的理想信念的。

"那是1951年秋天,她高中毕业后,被选中来到上海港务局团委任秘书,那时,我是局团委书记,这是我们第一次认识,纯粹是工作上的联系而已。一年之后,国家成立船舶局,我就离开了港务局,被调到船舶局设计二处,她也被组织安排到大连海运学院学习俄语。1954年4月,我从东德回来,她也学成归来,又被分配到设计二处,这是我们再次相逢。再后来,我跟着苏联专家学习技术,她给苏联专家当翻译,她就成了我跟苏联专家学习上的纽带。慢慢地、慢慢地,我们俩就走到了一起。"

1954年的重逢也许是天作之合。但更重要的是,共同的理想把两颗年轻人的心紧紧地牵系在一起。

老人叙述着幸福的往事,一点一滴的细节历历在目:"一本笔记本和两条手绢,就是我当年给你们阿姨的定情信物。"

"结婚时没有什么仪式,到民政部门登记,拿到大红的结婚证,单位上给分了一间宿舍,我们买了几袋水果糖,同事们都一起来祝贺,大家开了一个舞会,第二天就都上班了。没休一天婚假,我们就这样成家啦。"

李世英的淡定,是因为她也在七一九所工作。几十年的耳濡目染,她深知深潜的危险性,更深知深潜的重要性。

这些年,李世英用瘦弱的肩膀,默默撑起这个家:

300多斤的煤球送到楼下了,李世英带着大女儿,一撮箕、一撮箕,往三楼搬。

二女儿出生了,岛上生活困难,李世英忍痛将孩子送到上海外婆家。

地震来了,李世英抱着刚出生的三女儿,拉着大女儿往外面跑……

一年冬天,大女儿燕妮上学途中跌入雪坑,大雪没过胸口。李世英上山找到女儿时,孩子已经双颊青紫。在孩子昏迷的九天九夜里,李世英衣不解带,日夜守候,把女儿从死神手中夺了回来。等黄旭华数日后回到家里,才知道女儿遭了这么大的罪。

像这样的事,还有很多很多。一说起这些,黄旭华的愧疚之意溢于言表。

他们夫妇教育孩子们,让她们从小就懂得吃苦耐劳,懂得路在自己脚下。大女儿从小独立,早早出去打工,在塑料厂当过小工,在建筑工地筛过沙、搬过砖。1980年,七一九所在武昌地区统一招考,他不肯跟所里打招呼,夫妻俩一起鼓励孩子认真备考,告诉她"路要自己走,不能让家人扶着走",结果孩子终于顺利考入研究所工作……他的三个孩子都特别懂事,对他从来没有说过一句埋怨的话。

他戏称李世英为"三品夫人"——品德高尚、品质优秀、品位雅致；她则笑称黄旭华为"客家人"。每次黄旭华从单位回家，李世英就对他打趣说"又回家做客了"，连孩子们也跟着起哄："爸爸回家出差来了！"

一家人其乐融融。

1976年，研究所从北方荒岛迁至武汉，他的一家也跟着来到长江边。这段时间里，家里难得有了周末晚会，他为妻女表演小提琴、口琴，以这种特别的方式诠释和表达对妻子、对女儿们深深的爱意，感谢她们为他筑起一个温暖的港湾，感谢妻子用那柔弱的肩膀，扛起了一个家……

或许，黄旭华还从未在妻子面前说过一句感谢的话。但那一天，当着世英阿姨的面，当着来自家乡的媒体记者，他深情表达："我这辈子就是欠了她呀，要感谢她一辈子无怨无悔的付出。"

他接受我们采访的那些天，李世英就一直坐在一旁，认真地听。感觉他的讲述有疑问了，就给他提醒："当年是这样的……这件事是这样的……你记不清了……"

他一直笑呵呵："对对对，是你记得清楚。"

从1956年4月喜结良缘，一直到2018年的这个盛夏，漫漫63个年头的携手同行，一生一世的情缘亲缘。什么是幸福的婚姻？这就是楷模和样本。

从接受这份任务开始，黄旭华就和他从事的事业，一起成为国家的最高机密。作为他的身边人，保守国家机密也是伴随一生的要求，李世英用一生的付出和默默的奉献，为我们作出了最坚定的回答！

或许，这就是老一辈科学家对爱情的诠释。他们对彼此的深情，就像对事业一样专注而真挚；他们心中的忠诚，就像赤子对国家一样笃定而坚贞。

坚定的信念源于哪里？坚定的信念源于对祖国的忠诚和无限的爱！在那个落后挨打的年代，中华民族需要"站起来"的理想信念，让一个个中华民族的优秀子女挺身而出，他们要向全世界庄严宣告中华民族的信心和实力。对祖国的忠诚、对爱情的忠贞，撑起了他们心中坚定的信念，融进了他们的血脉，成为他们生命里的筋骨，已经生成与他们生命不可分割的组成部分。

对于有抱负、爱祖国的科学家来说，世界上只有两样东西亘古不变，一是对高高悬挂于顶上的日月星辰之谜的探索，一是深深埋藏于心底的复兴祖国的理想与信念。他们的爱情与事业紧密相连，密不可分。

于是，我们懂了，科学家们的爱情，不是"妆罢低声问夫婿，画眉深浅入时无"的卿卿我我，不是"多情自古伤离别，更那堪冷落清秋节"的哀怨，也不是"泪眼问花花不语，乱红飞过秋千去"的迷离！他们的相守相望是"盈盈一水间，脉脉不得语。海水梦悠悠，君愁我亦愁"的共同信仰，有"换我心，为你心，始知相忆深"的深情，有"身无彩凤双飞翼，心有灵犀一点通"的相知，更有"两情若是久长时，又岂在朝朝暮暮"的互信！

正是：

借问江潮与海水，何似君情与妾心？深知身在情常在，遥望江头海水声。知君用心如日月，拟与夫心同死生。流水随春行且远，行云终伴君心边。明月江畔照相思，盼来相携彩云归！

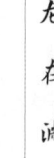

/ 手记 /

创新从来都是九死一生

科技创新走的是别人没有走过的路，做的是前人没有做过的事，创新之路向来是荆棘丛生、困难重重。"创新从来都是九死一生"，习近平总书记在中国科学院第十九次院士大会、中国工程院第十四次院士大会上的这句话，恰恰道出了创新的不易。

创新如同攀登珠穆朗玛峰，必须具有坚韧不拔的意志才能到达顶点。只有对初心的坚守、对事业的执着，才能以"九死而无悔"的坚韧，绽放在功成之日，采撷成功之果。你看，第一代"○九人"在甚至从来没有见过核潜艇的情况下，凭着算盘和尺子，更凭着顽强的意志和"亦余心之所善兮，虽九死其犹未悔"的豪情，终于成功设计出了中国第一代核潜艇，让我国成为世界上第五个有核潜艇的国家，让中国终于"站"了起来！犹记得黄老在说到父亲去世那时候是否要跟组织"请假回家"时眼含的泪水。"如果跟组织汇报，组织应该可以同意的，回家看父亲最后一眼是人之常情，但是，核潜艇到了研究的关键时刻，我怎么能给组织出难题？！"既然踏上科学之路，便不轻言后退。强忍常人难以忍受的内心之痛，坚守常人难以忍受的寂寞岁月，恰恰证明了"创新从来都是九死一生"这一科学界的"铁律"。

创新路上越是艰难越要一往无前，沧海横流方显英雄本色。你看，屠呦呦提取青蒿素，尽管经历190多次失败却依然坚持研究、不离不弃；邓稼先在原子弹爆炸失败后，只身深入到戈壁现场寻找原因，找到"哑弹"后甚至不顾一切抱了回来研究。为什么在这些科学家眼里，"没有迈不过的坎，没有攀不上的峰""只有不畏劳苦沿着陡峭山路攀登的人，才有希望达到光辉的顶点"？说到底，这是怀着强烈的爱国主义精神和一颗报效祖国的赤子之心，这是对科技创新的执着追求与忘我境界！

实践反复告诉我们,"关键核心技术是要不来、买不来、讨不来的"。没有核心技术,就没有发展的主动权,就不可能抓住千载难逢的历史机遇。习近平总书记曾以一个比喻告诫我们,如果核心元器件严重依赖外国,供应链的"命门"掌握在别人手里,那就好比在别人的墙基上砌房子,再大再漂亮也可能经不起风雨,甚至会不堪一击。这就决定了,我们非得加快突破核心技术不可。回顾过去,正是因为一代代航天人筚路蓝缕、奋起直追,攻克了一系列关键技术,实现了一系列技术创新,才让中国跻身世界航天科技大国之列;也正是因为独立自主,不断突破深海装备的关键核心技术,才能实现"蛟龙"探海,使中国在世界深海科学事业上拥有发言权。所以,每每想起黄老和"〇九人"的奉献精神、创新精神,我们不由得唏嘘落泪。一代代"〇九人"默默为党、为国、为人民鞠躬尽瘁、死而后已,他们都有"先天下之忧而忧,后天下之乐而乐"的深厚情怀,都是"干惊天动地事,做隐姓埋名人"的英雄!"〇九精神"就像一座高高闪烁的灯塔,照亮了中华民族的精神家园。或许,这正是"一个高尚的人,一个纯粹的人,一个有道德的人,一个脱离了低级趣味的人,一个有益于人民的人"的真实写照。

唯创新者进,唯创新者强,唯创新者胜。创新是一个民族进步的灵魂,是一个国家兴旺发达的不竭动力,也是中华民族最深沉的民族禀赋。可以说,没有创新就没有发展,就不会有昨天的辉煌成就,更不会有明天的美好愿景。党的十八大以来,"天眼"探空、神舟飞天、墨子"传信"、高铁领跑、北斗组网、超算"发威"、大飞机首飞、港珠澳大桥通车……一系列创新发展的新成就,不仅引领着经济的发展进步、改善着人们的生产生活,也有力印证了习近平总书记的深刻判断:"中华民族奋斗的基点是自力更生,攀登世界科技高峰的必由之路是自主创新。"

"我们比历史上任何时期都更接近中华民族伟大复兴的目

标，我们比历史上任何时期都更需要建设世界科技强国！"新时代新召唤，新作为新气象，新时代的科技工作者必须以榜样为力量，坚定创新信心，以更加自信的姿态，在通往未来的道路上行稳致远。

潜龙在渊

第四章 不辱使命 只争朝夕

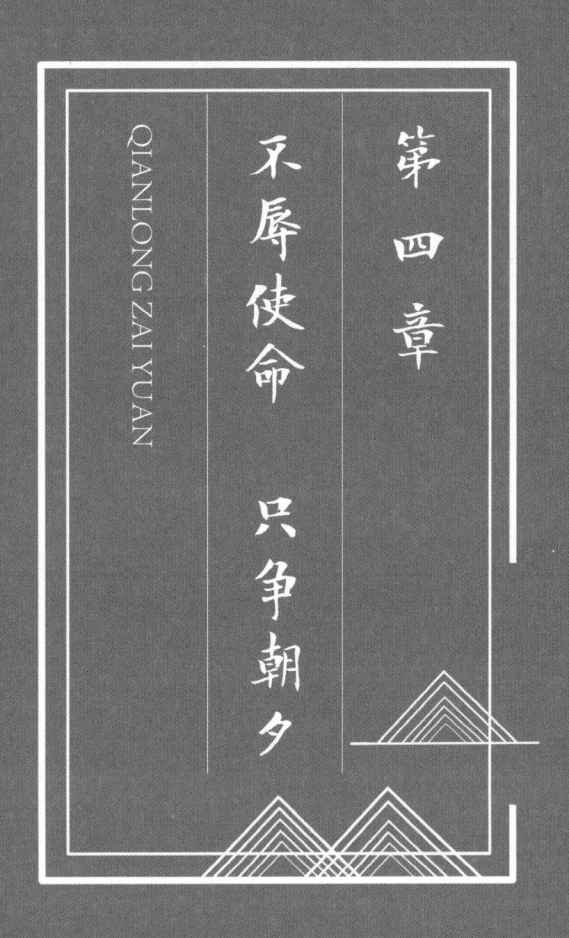

QIANLONG ZAI YUAN

"老骥伏枥，志在千里。回想起那些热火朝天大干核潜艇的生动场面，那些苦中求乐、不懈探索的艰难历程，我都不禁感慨万千、心潮澎湃。"

"研制核潜艇是我们那一代人的梦想。在那激情燃烧的岁月里，无数个和我一样怀揣强国强军梦的科研人员响应祖国和人民的召唤，积极投身到这一伟大事业中，苦干惊天动地事，甘做隐姓埋名人。"

1. 再登潜艇　心潮澎湃

如今，中国第一艘核潜艇"401"艇游弋深海40年后，光荣退役了。而作为总设计师，92岁高龄的老人却依然在"服役"。

每个工作日，他还在岗位上，为年轻的科研人员答疑解惑。他还要"骑鲸蹈海日游八万里五洋捉鳖"，这是与生俱来的使命，责任重于泰山。他说，这辈子没有虚度，生命属于核潜艇、属于祖国，无怨无悔！

所以，这些年，虽是耄耋之年了，他仍然很忙，仍然只争朝

□ 黄旭华在研读科研材料　　　　□ 黄旭华在研究核潜艇模型

夕。他始终牵挂着所挚爱的事业。2018年的夏天，他再次悄悄地前来探望这艘已经停放在海军博物馆的"401"艇。

那天，他们一行六人，和周围普普通通的游客一样，来到海军博物馆，悄悄购票，打算探访退役后停在这里的"401"核潜艇。但是，正当他们准备随着人流进馆的时候，驻守博物馆检票口的官兵还是发现了黄旭华，海军博物馆馆长康海东也闻讯急忙赶来了。

大家都对黄旭华说："您老年事已高，不便再下到'401'核潜艇，是不是就在码头上听听康海东馆长汇报'401'艇入馆以来的情况？"但是，黄旭华就是执意要下艇看看，脸上的神情是那样认真而严肃。是啊，这是倾注他和战友们诸多心血的核潜艇，那份深情是浓得化不开的，如何割舍得了？

进入"401"核潜艇内舱，必须通过一个直径不足1米的水密门，如此狭小的空间，对于黄旭华的年龄和身体状况而言，难度可想而知。可是，他却是如此地执着，让所有的劝阻都再也无法说出口。最终，是大家前挽后扶，护送着他进入了艇内。

进艇之后，他深情地凝视着一个个部件、一台台设备，忽然，他脸上的笑容渐渐变得凝重。"这艘艇现在都拆除了哪些设备？"黄旭华问道，深深震撼了在场的所有人。

是啊，这艘核潜艇，对于他来说，就像是多年未见的自家孩子。它更多地凝聚着他和同志们的心血，有过岁月的汗水和记忆的笑声，所铭刻的是"○九人"艰苦奋斗的历史与精神。当年一桩桩、一件件不为人知的故事，又在他的心头回荡。而惊涛骇浪仿佛又在他的耳际轰响！

"401"艇是看不够的，他余兴未减。临走，在"401"艇会议室里，他欣然题词："骑鲸蹈海日游八万里五洋捉鳖。"

这，正是他壮怀激烈、波涛汹涌的心声啊！

□ 黄旭华对核潜艇事业孜孜以求

2. 全国模范　德耀中华

2017年11月23日晚8时，在中央电视台一套播出的《圆梦中国 德耀中华》第六届全国道德模范颁奖仪式上，黄旭华的事迹再次震撼了大江南北的千家万户！在"敬业奉献"的篇章中，他作为全国道德模范隆重登场。

颁奖词中这样写道："恪尽职守，你们彰显责任如山使命如天，铸就岗位奉献的丰碑。你们忠诚勤勉、精益求精、为国铸剑、为民服务，将事业做到极致，把平凡化为传奇。你们旨在高山之巅，为了挺起民族复兴的脊梁，向你们致敬！"这是对他和战友们的最高评价。

主持人这样介绍黄旭华："从1958年投身我国核潜艇研制工作，和科技团队一起攻坚克难，研制出我国第一艘核潜艇。因为研制工作保密的需要，他30岁离家，隐姓埋名30载，再见到母亲时已是六旬老人。如今91岁的他仍孜孜不倦，奋斗在工作岗位上。"这是对他奉献精神的充分礼赞。

于是，他一步一步走到世人面前，以丰碑的形象屹立在共和国的土地上。

我们耳际再次响起2017年11月17日，黄旭华在全国精神文明建设表彰大会上代表58位第六届全国道德模范所作的题为《践行核心价值观　引领时代新风尚》的发言。当时，现场10多次响起热烈的掌声。当他回到座位上时，坐在他旁边的著名电影演员田华也连连赞叹："讲得真好！看，我的手掌都拍红了。"

发言中，黄旭华深情地说：

"全国道德模范评选表彰活动自2007年开展以来，已成功举办了六届，评选、表彰、宣传了一大批道德模范，为培育和践行社会主义核心价值观，提升公民道德素质和社会文明程度，起到了积极的推动作用。作为我国核潜艇研制战线的代表，能获评第六届全国道德模范，我感到非常荣耀，心情非常激动。

"核潜艇研制事业是一项伟大而艰辛的事业。我作为我国核潜艇战线的一名老兵，从1958年至今一直从事核潜艇的研制工作，见证了我国核潜艇在一穷二白的基础上，白手起家，从无到有，逐步发展壮大的伟大历程。研制核潜艇是我们那一代人的梦想。在那激情燃烧的岁月里，无数个和我一样怀揣强国强军梦的科研人员响应祖国和人民的召唤，积极投身到这一伟大事业中，苦干惊天动地事，甘做隐姓埋名人。那时候我们国家还很穷，没有电脑，我们就用算盘算、用磅秤称。为了工作上的保密，我整整30年没有回家。离家研制核潜艇时，我刚30出头，等到回家见到亲人时，我已经是60多岁的白发老人了。每次回顾50多年来与同志们一起奋战的那些日日夜夜，那些热火朝天大干核潜艇的生动场面，那些苦中求乐、不懈探索的艰难历程，我都不禁感慨万千、心潮澎湃。现在，很多人称我为中国核潜艇之父，我不敢接受。其实，我只是我国核潜艇研制队伍中的一员，做了我自己应该做的事情。我国核潜艇的研制成功，是党中央、国务院、中央军委英明决策和正确领导的结果，是全国千百个科研、生产、使用单位自力更生、艰苦奋斗、无私奉献的成果，是中华民族集体智慧的结晶。

"今天，站在领奖台的是我一个人，但我深深知道，这份荣誉不仅属于我个人，更属于整个核潜艇研制团队，属于和我并肩战斗，把青春和热血都奉献给了核潜艇研制事业的默默无闻的战友们。在此，我要感谢党中央、国务院、中央军委和各级领导对核潜艇研制事业的亲切关怀和大力支持，感谢核潜艇战线上所有同志们的呕心沥血、顽强拼搏。

"今年我已经91岁了，生在旧中国，长在新中国，亲历了我们国家由弱变强的过程。刚刚胜利闭幕的党的十九大，确定了决胜全面建成小康社会、开启全面建设社会主义现代化国家新征程的宏伟目标，我们伟大的祖国进入了中国特色社会主义新时代。全党全军全国各族人民正在习近平新时代中国特色社会主义思想的指引下，朝着'两个一百年'的奋斗目标开拓前进。核潜艇事业作为中国特色社会主义事业的重要组成部分，也站在了新的历史起点上，使命光荣，责任重大。虽然我年事已高，但老骥伏枥，志在千里，我将坚决拥护党的十九大确定的各项方针政策，坚决维护习近平总书记的核心地位，继续为核潜艇事业发挥余热，为建设世界一流海军，为实现强军梦、强国梦贡献自己毕生的力量。

"全国道德模范是中央文明委在道德领域授予公民的最高荣誉。在此，我代表全体第六届全国道德模范感谢党和人民给了我们这么崇高的荣誉。这份崇高的荣誉，既是激励更是鞭策。我们全体道德模范一定会像珍惜自己的生命一样珍惜这份荣誉，谦虚谨慎，戒骄戒躁，永葆本色，在各自的工作岗位上勤奋工作，为实现中华民族伟大复兴的中国梦贡献自己的力量！"

2018年2月15日，这是一年里最美好的夜晚：除夕夜。万千国人正在收看央视春节晚会直播时，一个熟悉的面孔映入大家的眼帘：黄旭华作为全国道德模范，再次接受央视的邀请，出席"春晚"现场，向电视机前的全国人民拜年："在新春佳节，祝全国人民节日快乐，幸福安康！希望年轻人继续奋斗，勇于创新，为国争光！"

就在2018年1月4日，他刚刚在杭州做完白内障手术，术后双眼视力终于都达到了0.6。"再也不用放大镜了，我还要为国家再工作20年！"赴京参加央视"春晚"前，他的双眼视力更恢复到了0.8。如今，在新年来临之际，在"春晚"现场，他精神抖擞地再次宣言："新的一年，还是跟以往一样，不退休，继续为核潜艇事业做点事情。""如果没有特别的安排，还是每天去办公室上班，整理材料，给年轻人当好'啦啦队员'。"

铿锵有力的话语、对祖国和人民的祝福传遍了全世界。

而我们的心啊，也随着他的声音而起伏；我们的眼眶啊，也随着他的声音而湿润！

此时此刻，我们不由自主地思索：

为什么到了垂暮之年，他还能焕发青春？为什么能让生命中最宝贵的30载年华一直深潜？为什么干的是赫赫有名的事业，他却甘于隐姓埋名？为什么党和国家给予了最高荣誉，他心中想的、口中念的都是战友弟兄？

在高山前，任何言语都是苍白的！
在大海边，任何赞美都是无力的！
我想唱出"东方第一枝"，
莺啼情深不耐力！
高山静默，郁郁葱葱就是最美的华衣；
大海无声，浪花飞溅就是最好的彰显！

生命只有一次，
一个人，只有把个人的命运与国家结合起来，
才能昭示生命的价值；
人的一生，就算是活到一百岁，
只有奉献出全部的光与热，
才能在地球上永葆生命的能量！

功成而不居，
鞠躬的是，我的战友，致敬的是我的事业！
功成而歌颂，
歌颂的是我的祖国，歌颂的是我辈人格的魅力！
谨而信，谨为民；
信而诚，忠诚党；
为党坚守，为国尽瘁！

心里始终藏着国家，
血中流着中华命脉，
国家利益高于一切，
人民需要就是理想！
理想，信念，
犹如核潜艇的核动力，
让一个人在93岁的时候，
能够迎来人生的巅峰，
绽放出生命奇幻的美丽。

你听，隐姓埋名30载，
此生无悔！
你看，呕心沥血60秋，

大国赤子！

致敬，中国核潜艇第一人——黄旭华。

您的名字是所有军工人共同的象征：

旭日东方，照耀华夏！

3. 寄语青年　传承力量

世界的希望在未来，而未来是年轻人的。黄旭华认为，自己的一生还有一个重任，那就是传承力量！为此，他反复地说："青年人一定要树立远大理想和目标，要把理想和目标同国家命运紧紧结合在一起，要勇敢承担起历史赋予的神圣使命和责任，要经得起挫折，以百折不挠的韧劲和毅力实现人生的理想。"

2018年4月23日，他走进"新时代湖北讲习所"为青年职工讲课交流。他将习近平新时代中国特色社会主义思想与核潜艇工作结合起来，号召青年们发扬"立足本职、奋发有为"的"〇九精神"，他从自己的丰富阅历和独特感受讲起，讲述自己怎样成长为新中国第一代核潜艇总设计师的故事，讲述自己为国争光的人生感悟，点点滴滴给予了青年人前进路上的支撑力量。

青年兴则国家兴，青年强则国家强。青年一代有理想、有担当，国家就有前途，民族就有希望。他对在座的青年人语重心长，"一代人有一代人的使命，青年人有青年人的担当。新时代的青年朝气蓬勃、好学上进、视野宽广、开放自信，自强、自爱、自信、自立，是与新时代共同前进的新一代。广大青年拥有广阔的发展空间，也承载着伟大时代使命。新时代是一个大舞台，在新时代前进的征程中，新青年要以青春梦融入中国梦，肩负起国家民族的希望，与时代同德同心同向同行，培育一种为人民利益不懈奋斗的精神"。

奋斗的青春最美丽！他给青年人提出了三点希望：一是青年是国家的希望和未来，青年一代要勇敢承担起历史赋予的神圣使命和责任；二是青年要树立远大理想和目标，理想和目标要同国家命运紧密结合在一起；三是人生之旅不可能一帆风顺，青年一代要经得起挫折，要有百折不挠的韧劲和毅力。

他以身作则，捐出获奖奖金，为年轻的"〇九人"做出表率。

2017年9月，他获得潮汕星河成就奖，同年，他又获得何梁何利基金科学与技术成就奖，10月底又荣获全国道德模范等多项重大荣誉。但他说，这些荣誉是属于为"〇九事业"做出贡献的所有人的。

□ 黄旭华获得潮汕星河成就奖后在做报告

于是，他拿出20万元的潮汕星河奖奖金捐给母校——汕头市聿怀中学，他还从何梁何利基金科学与技术成就奖的奖金中，拿出20万港币与七一九所的老战友们共享。

他反复地告诉我们："我获得的荣誉，是属于'〇九'战线上全体战友的。在很长一段时间里，我们同甘共苦、艰苦奋斗，为国防事业竭尽所能。我能获得这些荣誉，都是大家的功劳，也是我们党和社会各界对整个'〇九'战线的肯定。我必须跟大家分享这些荣誉。"

我们相信，黄旭华的实际行动与大爱，肯定能更好地传播开来，温暖和激励更多的人，也让"〇九精神"世代传承、发扬光大。

4. "甘心做隐姓埋名人"

黄旭华说过,要落实党的十九大报告指出的"满足人民对美好生活的向往"这一奋斗目标,必须和自己的具体工作紧密联系起来,和"强军梦"紧密联系起来;要追寻自己入党的初心,不忘当年加入中国共产党的初衷,才能"不忘初心,继续前进"。特别是对"〇九人"来说,尤其要时刻铭记"〇九精神",深刻认识自己工作的重要性,"甘心做隐姓埋名的人"。

当党的十九大召开时,对党的忠诚,对党的崇敬,让他又坐不住了。习近平总书记的报告,黄旭华认真倾听,深刻领会,反复思考。作为中船重工党的十九大精神宣讲团成员,他在武汉片区报告会上,以"不忘初心、牢记使命,共话今昔、砥砺前行"为题,做了精彩报告。他以切身感受,从参加全国精神文明建设表彰大会的经过、中国共产党人的初心和使命,再到我国现阶段社会主要矛盾、目前加快建设创新型国家的理想,以及对新时代的强军思想五个方面,对党的十九大精神做了鲜活生动、深入浅出的解读。一个多小时激动人心的报告,让近千名党员受益匪浅。报告会结束了,大家仍然围着他久久不愿离去。

94岁了,他一直说自己不累,但真的不累吗?不!大家更明白他的深意:宁愿自己累一点,但他所代表的"〇九精神"必须时时刻刻闪闪发光!

2018年3月16日,七一九所机关二支部的党员们既兴奋又激动,因为这次的组织生活会,刚刚获评全国道德模范的黄旭华,会来与大家一起开会。而当92岁高龄的他准时出现时,会场响起了雷鸣般的掌声!

当天,黄旭华还在30多公里外的老区,为参加一项大活动做准备,日程安排得很紧。大家都担心他没有时间赶来开会,但是他说:"这是党的十九大后举行的第一次支部组织生活会,我一定要参加啊。"

黄旭华来了,支部的党员同事们异常激动。会上查问题,找不足,开展批评与自我批评。每一名党员都把这次组织生活会作为改进提高的难得机会,会前精心准备,会上坦诚相见。他认真听完大家的发言,也谈了自己的感悟,说:"'〇九人'就是要牢记'〇九精神',甘心做隐姓埋名的人!"他从参会同志的部门工作职责切题,提醒大家在工作中要"不忘初心,继续前进"。此时此刻,他再次重温了自己的入党转正申请:"一定要按列宁所说的,'如果党需要我一次把血流光,就一次流光;如果要一滴一滴地流,我就一滴一滴地流'。现在回过头看,一次流光容易一些,但是慢慢地流,一滴一滴地流,这是最严峻的考验。当今的共产党员,更需要的是多年如一日的'一滴一滴地流血',所以,你们要有'一滴一滴流'的思想准备,做一名无愧于时代的共产党员!"

在党的十九大刚刚召开之际,重温入党誓言,多么适时!铿锵的话语久久地在战友们心中回荡。

2018年4月17日,黄旭华受中组部、中国科协、中国工程院、中国科学院的共同邀请,欣然前往中共中央党校,为一批特殊的学员做专题报告。这批特殊学员就是125名新当选的"两院"院士。

于是,"使命、责任与担当"就成为黄旭华这次报告的主题。

他笑称,新当选的"两院"院士,就像"新科状元"。他勉励大家,要"以国家的需要为最高需要,把自己的人生志向同国家的命运结合在一起",可谓字字千钧,句句扣人心扉。他是要把以"自力更生、艰苦奋斗、大力协同、无私奉献"为特质的"〇九精神",传递给这些刚刚当选的国之翘楚,让他们明白,只有让中华民族的优秀传统与时代精神高度结合,完成德才兼备的崇高精神境界的修炼,才能胸怀爱国大志,书写科技报国新篇,恪尽职守,成为新时代民族复兴的科技先锋!

□ 黄旭华院士为新当选院士授课

5. 世界因你而美丽

2018年3月30日晚,"世界因你而美丽——2017—2018影响世界华人盛典"颁奖礼在清华大学新清华学堂举行。知名媒体人吴小莉饱含深情的声音响彻全场:受大会的委托,很荣幸宣布一位"影响世界华人终身成就奖"的获得者。

世界因你而美丽!吴小莉这么介绍黄旭华:来自一个有着立大志、走四方传统的侨乡,出生于医生世家,本来是要从医的,如果不是因为战乱,可能就是一位优秀的医生。但是,日本侵略者的轰炸声,让他做出了人生第一个重要的决定,"学造飞机,学造轮船,因为要保卫国家和自己的家园"。

于是,在1958年中国启动的研制核潜艇计划中,32岁的他被调至北京。因保密需要,出发前他并不知道自己即将肩负的是什么任务,但还是来到北京并留了下来,这是他人生的第二个重要决定,"服从国家的需要,从此隐姓埋名"。

人们知道有足足30年,他从来没有和家里联络过。"他去哪儿了?他去做什么事情?"家乡的亲人不断地写信询问,但是都没有答案。人们只知道，父亲去世了他没有回来，二哥去世了他也没有回家。他去做什么？后来，人们才知道，失踪了30年的他，是去造了中国第一艘核潜艇。人们很难想象，在完全没有外援的情况下，在没有人见过核潜艇的情况下，他和他的战友从无到有，从零开始了这一前所未有的创举！他们用算盘、计算尺和秤等古老的工具，攻克了一个又一个的技术难关。设备管线数以万计，但他们每个都要过秤，而且天天如此，就是这样用"斤斤计较"的"土"办法，最终的结果是：几千吨级的潜水艇下水之后，各项的测试值和设计值毫无二致。

　　1970年12月26日，中国完全自主研发和制造的第一艘潜水艇下水了，中国仅仅用了十几年的时间，就研制出了国外要研制几十年的核潜艇，成为世界上第五个拥有核动力潜水艇的国家。这其中就有他和战友忘我燃烧的生命。1988年，作为中国第一代核潜艇的总设计师，他亲自带队，进行了一场极限水下测试，试验结束之后，他兴奋地即兴作了一首诗："花甲痴翁，志探龙宫。惊涛骇浪，乐在其中！"

□ 黄旭华在"影响世界华人终身成就奖"颁奖盛典上发言

在60岁的时候,他才第一次回家探亲,见到了93岁的老母亲。时隔30年的再见,他已不复青春,白发爬满双鬓。他的内心充满愧疚,他泪流满面,有满腹的话要说,却说不出来,只是喊一声"妈——",母亲拥抱着千呼万唤始出现的儿子,疑真疑幻。虽然,母亲或者不知道失踪多年的孩子干什么工作,可是,她知道儿子没有让她失望。从来忠孝不能两全的道理,她还是懂得的。

英勇打击凶悍的日本侵略者,用气吞山河的英雄气概谱写了惊天地、泣鬼神的壮丽史诗。"火烤胸前暖,风吹背后寒……全民族,各阶级,团结起,夺回我河山。"这首东北抗日联军的《露营之歌》传唱至今,令人荡气回肠。

▷ 你从东北抗日联军将士身上感受到一种什么精神?

杨靖宇

为了国家利益,有时不仅需要放弃个人利益,甚至要献出自己的生命。在革命战争时期,无数人民英雄为了国家独立和民族解放,流尽最后一滴血;在和平发展时期,一批批优秀中华儿女,为了国家繁荣富强,无私奉献出自己的全部。

阅读感悟

1958年,中国决定启动研制导弹核潜艇。黄旭华被选中参与研制,不久被任命为总设计师。经过黄旭华和他带领的团队刻苦攻关,1981年,第一艘装有导弹的核潜艇顺利下水。

1988年,核潜艇步入最后的深潜试验。深潜是核潜艇最重要也是最危险的一项试验,一旦发生事故,后果不堪设想。为了增强大家的信心,掌握第一手试验数据,黄旭华毅然与舰员一同下海。当核潜艇浮出水面后,黄旭华即兴赋诗一首:"花甲痴翁,自探龙宫;惊涛骇浪,乐在其中。"

核潜艇的研制工作属于最高级别的国家机密。黄旭华功勋赫赫,却因工作需要,隐姓埋名30年。他为我国核潜艇事业的发展作出了重要贡献,被誉为"中国核潜艇之父"。1994年,黄旭华当选为中国工程院首批院士。

我们要始终把国家利益放在第一位,捍卫国家尊严,坚决同一切损害国家利益的行为作斗争。在日常生活中,我们要自觉遵守道德和法律,积极维护国家团结稳定的局面。

94 第四单元 维护国家利益

□ 八年级上册《道德与法治》教材(教育部组织编写)引用黄旭华的事迹

他为国家舍小家的故事，深深地打动所有人。台上台下，全场泪眼迷蒙，掌声不断！

为黄旭华颁奖的凤凰卫视董事局主席、行政总裁刘长乐激动地说："非常荣幸给您颁发终身成就大奖，您的故事让人非常感动！从这个故事里感受到的是，一个国家的发展需要多少人一辈子的专注和奉献，人们常说'自古忠孝难两全'，但您给出了一个别样的答案：对祖国最大的忠也是给父母最大的孝！把光宗耀祖和精忠报国，都高度统一在了一起！"

刘长乐还告诉大家，当时黄旭华已经92岁了，仍然每天坚持从宿舍楼步行到办公楼上班，刚刚做了眼睛手术，效果非常好，而老人家在眼睛好了之后说的第一句话却是："太好了，以后再也不用放大镜了。我可以再为国家工作20年！"

此时，"美丽了世界，强大了中国"的他，登上"影响世界华人盛典"领受"终身成就奖"。这里辑录他当时的发言，让更多的人一起感受、一起分享。

"我由衷感谢对我为之奋斗了大半生的核潜艇事业所取得的成绩给予充分的肯定和鼓励，感谢党和政府对我的栽培、信任，委以重任；感谢与我协同奋斗的协作单位的大力协同、齐心协力与密切配合。感谢研制团队与并肩作战的战友们的信任与支持，感谢他们的呕心沥血与默默无闻，感谢他们把青春和热血献给了核潜艇，为了核潜艇事业做出了卓越的贡献。

"核潜艇代表着当今世界技术的尖端，技术复杂，综合性强，协作面广，要求高，它是集体力量的产物，是集体智慧的结晶，是一个国家科学技术和工业生产能力的集中体现，是一个国家综合国力的树立。今生有幸参与这个工作其中，深知责任重大、艰巨与光荣。当年的决心是要尽全力与大家一起为实现毛泽东主席提出来的'一万年也要搞出来的事业'，奋斗到底，不达目的誓不罢休。研制核潜艇是我们这一代人的梦想，在那激情燃烧的岁月里面，怀揣着核潜艇梦，投身到其中来，呕心沥血，苦干惊天动地事，默默无闻，甘愿隐姓埋名。当年用了不到十年的时间，就神奇地把核潜艇搞出来。

"今天，站在这个领奖台上，我深深地知道，在这个台上是我一个人，但是，我更深深地知道，这个荣誉不仅仅属于我，更属于我们的团队。

"在研制的整个过程当中，我只是其中的一个成员，按照分工，在总设计师这个岗位上我和大家一起尽心尽力地来完成任务，做出我应该做出的贡献而已，功劳是大家的，荣誉属于集体，我今天代表的是我们的集体领受终身成就奖，我感到欣慰和自豪！此生没有虚度！"

□ 黄旭华获得"全国敬业奉献道德模范"荣誉称号

还是以一首《如梦令·大海知道》，表达我们如大海般不平静的心情：

昨夜星河闪耀，您是最亮一颗。问妻儿老小，却道无从知晓。不说，不说。只有大海知道。

/手记/

在"中国精神"的星空里闪烁

"我可以再为国家工作20年!"92岁的黄旭华院士在做过手术重获光明的一刻,说出的是这样一句响亮的话。那一年里,他的人生可谓到达巅峰,但对他而言,最最重要的依然是只争朝夕,能够为祖国继续工作、奋斗不息。这,就是老一辈共产党员科学家的精神境界!

这里,我们看到了一个辽阔的精神星空。这是"春蚕到死""燃尽生命"的人生追求。黄老说过,人生不管走到哪里,他都会牢记入党时的誓言:"像列宁说过的,要他一次把血流光,他就一次把血流光;要他把血一滴一滴慢慢流,他愿意一滴一滴慢慢流。一次流光,很伟大的举动,多少英雄豪杰都是这样。更关键的是,要你一滴一滴慢慢流,你能承受下去吗?国家需要我一天一天慢慢流,那么好,我就一天一天慢慢流吧。"这不是豪言壮语,是实实在在的两个30年的默默奉献。

慢慢地一滴一滴地流,才能成就"赫赫之功"!大凡科学探索都是百年功业,需要的是一代又一代人的接力拼搏,需要的是一个又一个个体的毕生奋斗。在这里,"报效国家"是心灵默许,默默无闻是自觉行动。因此,宁愿一生无名,也要隐忍拼搏到人生的最后一刻。

地处祖国西部荒漠间的酒泉卫星发射中心,是中国航天的圣地。数十年来,中国核导弹从这里腾飞,东方红卫星从这里升空,神舟飞船从这里起航。这里的大漠风沙承载着为祖国、为人民建立赫赫功勋的、绝大多数是默默无闻的英雄的愿望,在腾空飞起的彩色霞光中辉映着科学家们崇高抱负与价值追求。他们胸怀建千秋之功、立万世伟业的宏大目标,从不计较个人的功名利禄。这就是黄旭华式的共产党人的人生观、价值观、名利观的最高境界！他们甘愿为国建功，为民谋福，毅然决然，让血一滴一滴流到最后。

著名核物理学家王淦昌，在国家需要他舍弃个人研究方向时，坚定信念："我愿以身许国！"他化名"王京"，神秘"失踪"17年。被誉为"核司令"的程开甲，藏身无人区20年，参与第一颗原子弹、氢弹爆炸试验等的首次空投、首次地下平洞、首次竖井试验，共计30多次的核试验，成为名副其实的"中国核司令"。他在百岁寿辰时说："我这辈子最大的幸福，就是所做的一切都是与祖国紧紧联系在一起，我把毕生的光和热都全部奉献给了我挚爱的祖国。""两弹一星"元勋、留美博士邓稼先归国后，党中央安排他做"国家大炮仗"，他毫不犹豫地表示"听从组织安排"！他在荒漠中默默奋斗了数十年，连妻子也不知其去向。这种默默埋名，为的是国家重器的一举而成；这种默默无闻，彰显的是献身国家利益的民族精魂。这些"干惊天动地事、做隐姓埋名人"的英雄们，正是托举中国梦的民族脊梁。这些闪闪发光的星星，闪烁着美妙的光芒，构成了"中国精神"最灿烂的精神天空。

所以，我们看到，黄旭华等老一辈科学家们探索自然，探索科技，无畏艰难，不求"一阵子"，但求"一辈子"。在祖国最羸弱的时代，在人民最需要的地方，受尽千辛万苦，历尽千难万险，经过千锤百炼，吹尽狂沙始到金，为国铸剑，上仰天，下俯地，无愧于时代。

致敬，为梦想奋斗的时代！致敬，为国家、为民族奉献的先行者！

潜龙在渊

第五章 初心如炬 烛照母校

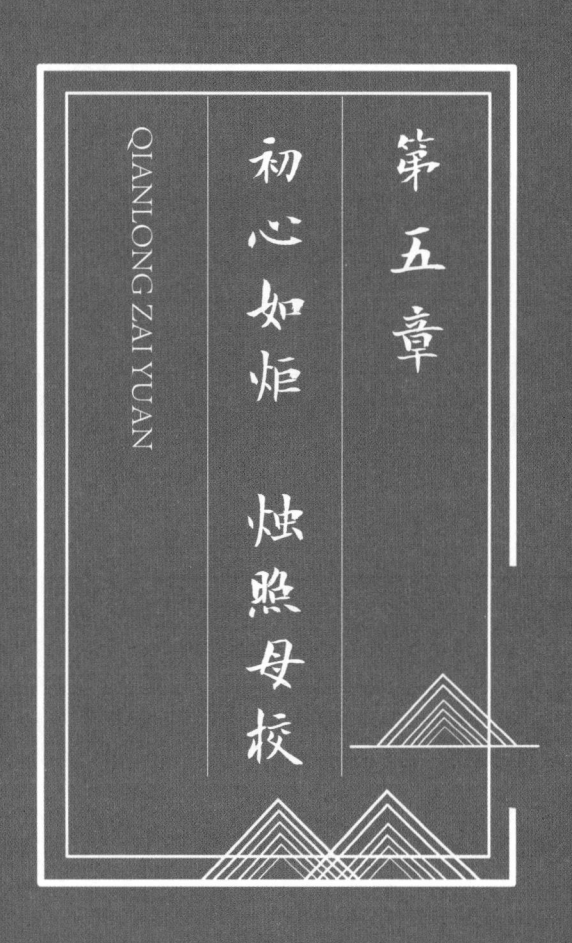

QIANLONG ZAI YUAN

"祖国寄希望于你们,我们老一辈科技工作者、老学长也寄望于你们,希望你们珍惜青春时光和优越的条件,在学习中加强修养,在求索中锻炼品格,在实践中提高能力,树远大理想,立自强之志,迈坚实脚步,努力成为聿怀新一代的骄子!"

1. "核潜艇之父"首次亮相潮汕

解密后,黄旭华返乡之行首先探望的,是他的小学老师苏剑鸣,还有多年来不断在他脑海中萦绕的母校聿怀中学。

1993年11月6日这一天,黄旭华悄悄来到阔别50多年的汕头。自20世纪30年代末,他为求学离开潮汕,战乱中一别就是20多年;新中国成立后,他为国铸重器,一潜又是30年。如今虽然白发初现,但乡音未改,黄旭华偕家眷前来看望"苏老师"。

这一次,他悄悄地来,悄悄地走,没有惊动有关部门,也没有惊动地方媒体。无人知晓一位赫赫有名的大人物曾经来过这里。给我们留下的痕迹,是他与时任聿怀中学校长的杨子权和苏剑鸣老师,三人一起在聿怀乙初堂前的合影。照片虽然泛黄,其中已近70岁的黄旭华看起来精神矍铄、神情笃定。

苏剑鸣老师是黄旭华的启蒙老师。小时候,黄旭华跟着二哥去一所教会办的名为"作矶"(音)的小学读书,苏老师就是这所学校里三位教员中的一位。苏老师教授国语、算学、自然和英语四门课,有时还兼上体育课,一天到晚与孩子们吃住在一起,师生感情很深。"记得苏老师教我们国语,也就是当时的普通话。"对往事,黄老记忆犹新,当时,苏老师用一张语言学家、音乐家赵元任先生编写的唱片做教材，用音乐形式进行汉语拼音教学。苏老师常常对孩子们强调学好语言的重要性，激励黄旭华与同学们要认真学习。

正是有了苏老师的语言启蒙，黄旭华在后来多年走南闯北、四处奔波的求学途中，在研制核潜艇的多年工作生涯中，才能够自如地与来自五湖四海的人互相交流、流畅表达。黄旭华还清楚地记得，当时的苏老师还教他们唱歌、识谱，排练歌剧，曾经排过一个小型歌剧《小小画家》。这样的小学生活真是活色生香、有滋有味，让黄旭华至今不能忘怀。

也许是身负使命，来去匆匆。自1993年首次返校，又是近十年无法返乡。还是到了2002年9月29日，黄旭华再次来到聿怀中学，参加母校校庆典礼。

此时，新世纪的阳光照耀着聿怀中学的校园。当他专程回母校参加125周年校庆时，"中国核潜艇之父是个潮汕人"的消息，终于爆炸式地在潮汕大地广为传诵。

这一次，我们何等幸运地采访到了黄旭华！

离开家乡半个多世纪，他依然乡音未改，乡情难忘！其实，他也一直在找机会归省母校。

早在20世纪80年代末，母校偶然得知他是校友，历经三年辗转才成功联系上他。

2002年的返乡之行，黄旭华受当时的聿怀中学校长郑林坤之邀，专程前来参加母校125周年校庆。从此，每当母校逢五大庆，他必亲临参加。不管年事渐高，不管路途跋涉，不管舟车劳顿，什么都阻挡不住他对母校的情深。而他的每一次"回家"，都给母校带来了精神财富，令一代代聿怀人终生难忘。

这是黄旭华首次站到母校广大师生的面前。那一天，他带来了一件特殊的礼物——一块当年在聿怀中学参加校运会比赛获得的银色金属优胜奖章。这块在他身上珍藏了60多年的奖章何其珍贵、

□ 2002年9月29日，黄旭华（左）第二次归省母校时与时任校长郑林坤合影

何等厚重！它伴随着他走过了颠沛流离的抗战生活，走过了发愤图强的求学年代，走过了攀登科学高峰的艰难岁月。即使在动荡的抗战时期，身无分文，流离失所，他也始终把这块奖章珍藏在身。如今，他把它敬献给母校，并宣告："自己终于可以自豪地告诉母校，我已尽了一位聿怀老学子的心愿，我从没给母校丢过脸。"

聿怀中学的这次校庆，因为黄旭华的到来，气氛空前地热烈，处处锦旗飘扬，处处欢声笑语！也许因为那是聿怀中学第一位院士学子回家，整个学校里喜气洋洋，聿怀人的脸上写满了兴奋。

那天上午在校园的采访余味未尽，当天晚上，我们与黄旭华相约，前往他下榻的鮀岛宾馆拜访，做个专访。那时的黄旭华，尽管已是76岁，看起来却有着与实际年龄毫不相称的活力和神采，言谈条理清晰，对母校、对家乡的深情溢于言表。

次日的《汕头特区晚报》，以《中国核潜艇之父是个潮汕人！》为题，对这次专访做了图文并茂的重磅安排。

18年前的采访，虽然简练，读起来依然是那样亲切而活泼。

□ 黄旭华第二次归省母校，正值母校125周年校庆。这是当时与师弟师妹们交谈的画面

昨天，在聿怀中学125周年庆典上，"中国核潜艇之父"黄旭华第二次回母校，他的出现，立即成为众多媒体及众校友追踪的对象。昨晚，记者在他下榻的鲍岛宾馆专访了这位76岁的老科学家。

战乱中与聿怀的结缘

参加完母校的隆重庆典还意犹未尽的老院士，在故乡的夜，向记者打开了老人记忆的盒子。他记得是9岁那年离家到汕尾求学的。从小他特别聪明，学习成绩总是名列前茅。他十分向往聿怀。1937年聿怀由于抗日战争的爆发由汕头市区迁往揭西五经富，他小学毕业后很顺利就升入聿怀中学。

他记得，聿怀的教育很严格，对培养严谨治学的学风很有好处。

当时，大家住在草棚里，生活非常艰苦，那时的老师叫苏剑鸣，是年轻人，吃、住都与学生们在一起，对孩子们很关心。"有一次，苏老师做了一个梦，梦见有个学生跌坏了脚，学生们在运动时他就整天跟着我们，怕谁有闪失，可见他的责任心和对我们的关心爱护。"

他回汕头来，每次都去探望苏老师，苏老师也记得他。他当时在一次篮球比赛中得了一枚银牌，不管在哪里，这枚奖章一直珍藏在身上，昨天，在母校校庆时他珍重地捧给了母校。"聿怀的精神，深刻地影响了我一生。教育要抓早，基础与思想培养是很重要的，只有基础扎实了才能在科学道路上进行探索。"

海边生长令他选择了造船

初中毕业后，他到桂林求学，一路走得多么辛苦！人山人海的都在逃难，头上有飞机在轰炸，身上没有一分钱，行李全丢了。他被挤在火车门口。看到的是逃难的火车在让给国民党的官太太及她们心爱的宠物小狗过去！他的爱国情怀就在这时扎根了，交通这么不便，他便立下宏愿，将来要造轮船造汽车。也曾被同学的父亲在车站把他藏在军车当"黄鱼"混过关到了重庆，终于考上了上海交通大学造船系。这一路的逃难、求学，把他的学医概念全丢光了。他说，选择了造船，也许是从小生长在海边对海有特殊感情的缘故吧。

当上核潜艇"总设计师"

毕业后，他是全班同学中唯一被选进上海党校的最有前途的学生。1954年美国研制出第一艘核潜艇，轰动了全世界，我们也很焦急。当时，我国科技基础十分薄弱，困难很大，国际对我国实行经济与技术封锁。赫鲁晓夫访华时曾十分傲慢地说："核潜艇技术复杂，要求高，花钱多，中国是没有能力搞的。"毛主席说："就是一万年也要搞出核潜艇！"

于是，我们提出了"自力更生，艰苦奋斗"的道路。黄旭华在

1958年光荣地接受了"总设计师"的艰巨任务。聂荣臻对他们说"中国历史上有许多发明是外国人没有的，外国能做到的，我们也一定能做到！"我们提出了"三镜"：放大镜——就算大海捞针，也要把一切蛛丝马迹的资料找出来；显微镜——哪怕是一点线索，就要放大，找出细节；照妖镜——最后，就算找到了，真真假假，真伪难辨，信也上当，不信也上当，要找出真正的有价值的参考资料。"事物从来就是辩证的。正是因为没有做过，也没有框框，思想没有束缚，也就敢想敢干，大家你一点，我一点。我们摸索出来的核潜艇性能比美国还先进呢。"

赫赫"无名"三十载

黄院士记得当年接受任务时有三点：一是这是个政治任务；二是不许出名，要保密；三是不许与亲友接触。他毫不犹豫就答应了。在上海交大就入党的他觉得这一生是属于党与国家的。现在仍然觉得无怨无悔。

当时，这些人就被安排到东北一个葫芦岛。他们叫"荒山半岛"，这里一年两次刮风，树、瓜都种不了，小孩上学常常被刮倒在地。一年四季吃的都是大白菜与土豆。气温常常零下二十几摄氏度。拖儿带女在那里干，没有一个人当逃兵。

62岁那年，在关键时刻，他带头下海试验，给战士做出了榜样，创下世界上总设计师下水的先例。他说，下水有两个好处，一是稳定军心，美国试验核潜艇有时都有去无还，世界上报道那么多条舰艇沉到水里，稍有一点失误就会前功尽弃，他必须下水；二是亲临现场，可以拿出更有效的数据与方法。所以，我们的核潜艇从未有差错。那时，美国潜艇在水下待的最长时间是84天，回到岸上时有好几个士兵是被担架抬上来的，那一次我们的核潜艇靠岸，他到码头迎接，全部战士雄赳赳气昂昂上来，他是多么高兴！

1988年，《人民日报》第一次将我国有核潜艇的消息公之于世。他的母亲反复读报后叫他的弟妹们原谅他没有关心他们。他觉得母亲很了不起。作为"接生士"的母亲，半夜有人敲门，二话没说就背起医药箱跟着出去。母亲总不计较，乐呵呵地说："会说话时叫我一声干妈就行了。"结果母亲100岁在肇庆过生日时，有200多人前来祝寿叫干妈，其实许多人我们都不认识。

黄旭华有一个美满的家庭，妻子与他在同一个单位工作，两人一起研究问题、探求解决问题的办法。他们有三个女儿，大女儿在身边工作，二女儿和小女儿都去了日本留学工作。他说他欠女儿太多了，女儿小时，他忙于工作，答应她们的事从来就没兑现过，每次回到家，小女儿总是调皮地说"爸爸到家里出差来了"。如今，他有点时间了，想多与女儿待在一起，可女儿已远走高飞。他遗憾地说，看来，欠女儿的债恐怕这辈子还不清了。

离开家乡五十多年，黄旭华因特殊的工作，难有机会回来。但他至今乡音未改乡情难忘。他说，他依然记得三道喜爱的潮汕小吃，这次回潮汕又点了它们：芋泥、蚝烙和牛肉丸。

或许这篇专访只是把黄旭华的概貌粗略地表达了出来。来不及过多渲染，也来不及深入了解，是因为我们急于把"中国核潜艇之父是个潮汕人"的重磅信息传播开去，让全潮汕人引以为荣！

18年后重读这篇新闻，我们依然心潮澎湃。

2. 院士"回家" 初心可鉴

之后的2007年9月29日，在聿怀中学130周年校庆典礼上，我们再次与黄旭华院士相逢。

这一天上午，阳光灿烂，校园里绿树红花，鼓乐喧天。黄旭华和饶芳权、郑度、周福霖等四位赫赫有名的院士校友，还有来自海内外的3000多名校友齐聚聿怀，共贺母校华诞。

这是鼎鼎有名的"聿怀四院士"（当年尚未发现郭予元院士、杨尊仪院士也是聿怀校友）首次相偕"回家"！聿怀人说，这是"聿怀130年来最美丽的一天"。

为了纪念在聿怀中学发展史上做出巨大贡献的聿怀人，为了发扬光大聿怀人精神，于130周年校庆之时，聿怀中学建立"名人苑"，为侯乙初董事长、陈泽霖校长、陈有汉先生、袁经伦先生和黄旭华院士、饶芳权院士、郑度院士、周福霖院士等8位聿怀名人塑像。从此，8位校友的塑像庄严屹立于聿怀母校，"名人苑"代表的严谨治学和科学精神也成了聿怀中学的文化基因。

当天下午，4位院士在母校的有汉文化中心与千名师生代表欢聚一堂，举行了一堂生动活泼的"我们在一起——院士与母校师生对话"主题访谈会。

那一天，黄旭华首次向师弟师妹们讲述了自己的求学经历，以及献身祖国核潜艇事业的不变初心。全场师生肃立，静静聆听。当他说到"此生属于祖国，属于核潜艇。献身核潜艇事业，此生无怨无悔"时，雷鸣般的掌声响彻会场，也久久回荡在我们的心中！

许许多多的聿怀师生可能从来都没有想到，深藏海中的核潜艇制造者居然是"胶己人""大师兄"，是这么可亲可敬的一个人！身在汕头这座海滨城市，可以说大家天天都能见到大海，可是，平静的海面下却有深藏的核潜艇高端科技！科学显露出更加迷人的光芒。

"初心如炬，敬终如始"是聿怀人对黄旭华最好的形容。无论是对核潜艇研制事业的执着付出，还是对母校聿怀的深情反哺，他的一举一动都让聿怀人动容，受到每一个聿怀人的敬重！他不仅为国家立下赫赫功勋，还把科学的精神、理想之火种带到母校，在聿怀学子的心底点燃并熊熊燃烧。

  2012年9月29日,是聿怀中学135周年校庆。此时的聿怀中学与昔日已不可同日而语,无论是办学条件、办学规模,还是办学质量,都已跃升到了国家示范性高等中学,成为潮汕地区学子向往的一所高中名校。而一校培育出了"六院士",更是在潮汕地区屈指可数。这一切,都离不开黄旭华给予母校的大力支持。正如一位校友所说的:"黄院士只要来到母校,不用说话,站在那里就是对母校的一种支持,就是感恩的精神召唤。"

  10年间,他4次回到母校。随后,饶芳权院士、郑度院士、周福霖院士也都陆续回来了,一起给母校带来诸多祝福和勉励,用行动给予师弟师妹们精神上极大的支撑。如今,"端毅诚爱"的校训刻在校园芳菲处,"学为君子,行为典范"的名人效应在聿怀成为自觉行动。

  我们还是回到聿怀135周年校庆典礼上吧。那天上午,汕头市区海滨路一旁,在刚刚落成的美丽新校区泽霖博物馆举行了校庆典礼;下午,黄旭华和饶芳权、郑度、周福霖等4位院士来到外马路

□ 2012年9月29日黄旭华第五次归省母校参与135周年校庆回家对话

□ 2012年9月29日黄旭华与师弟师妹们座谈

的聿怀老校区，与备考中的高三师弟师妹们进行了一场"探寻校友足迹，对话不凡人生"座谈会。

此时，黄旭华虽然已经86岁，但说到感奋处，当场朗诵了深潜试验时即兴创作的一首小诗："花甲痴翁，自探龙宫。惊涛骇浪，乐在其中！"他还提出问题，让现场学子作答。他说：作为聿怀学子，只要恪守"端毅诚爱"的校训，奋发向上，打好基础，努力奋斗，便可抓住机会。他希望母校继续秉持教书育人、有教无类的良好作风，为国家输送更多栋梁之材。

次日的《汕头日报》记录了4位院士深情与聿怀少年共话理想、抒发家国情怀的场景——

聿怀中学走过135周年的不平凡历程，培育了众多不平凡的学子。四位院士校友在参加母校135周年校庆的"回家"系列活动中，与聿怀中学的年轻学子们进行了一场对话。

黄旭华：少年时期的教育是人生发展基础

中国工程院院士、"中国核潜艇之父"黄旭华，是新中国第一

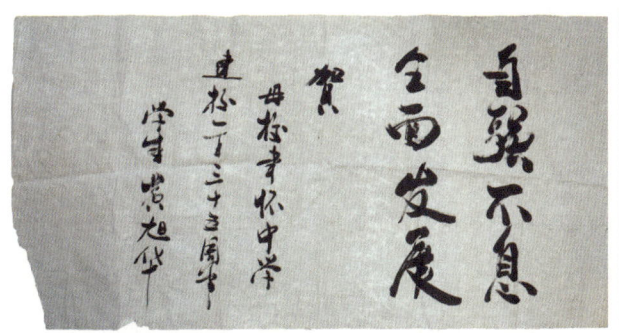

□ 黄旭华为母校校庆题字

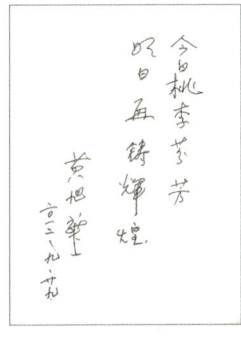

第五章 初心如炬 烛照母校

117

□ 2014年4月26日黄旭华第六次归省母校时为聿怀学子做励志讲座

代研究核潜艇的专家,他默默潜心钻研核潜艇技术,对我国核潜艇事业做出突出贡献。如今,86岁高龄的他依然神采奕奕,面对年青学子的提问,谈笑风生。

黄旭华说,青少年时期接受的教育是人生发展的基础。他记得当年在聿怀中学读书时是抗战时期,当时学校搬到了揭阳办学。上课就坐在空旷的草地上,听到飞机的声音就赶紧躲起来,等到飞机飞走又继续上课。其间,还经历了半年的停课期,求学真的非常不容易。正是这段艰苦的岁月,让黄老收获知识的同时也坚定了一颗爱国的心。

当年进入核潜艇研究队列以后,黄旭华一直奋斗在岗位上。如今还在为年青一代的"核潜人"当"啦啦队长"。他说,现在社会进步了,我们国力强盛,年轻人比自己厉害多了,但还是需要老一辈在后台"撑腰",让他们坚定不移地在科学的路上走下去。

黄旭华还表示,汕头人杰地灵,汕头人勤劳、勇敢、聪明,无论在本土还是走出去都能做出一番事业。他建议,汕头要凝聚力量,借"脑"聚"智",召集在外的院士等专家学者,让他们多回家乡看看，为家乡发展多提建议、多做贡献。

饶芳权：汕头永远是我梦里最美丽的故乡

饶芳权院士说，人生有一些原则的问题一定要把握好，那就是"做事、做人、爱国、爱家"。当年聿怀的教育是他一生做人的基础。"汕头永远是我最美丽的家乡。"他说，现在孩子很幸福，是他们那一代没办法相比的。所以，这一代有条件比上辈人做得更好更成功。

饶芳权指出，汕头现在发展的思路很好，未来发展的蓝图也已经绘就。现在就要发挥自身优势，瞄准机遇，同时避免一些已经发展的城市走过的弯路，才能做得更好。现在有不少项目愿意落户汕头，我们要对这些项目进行挑选，不能盲目发展。

郑度：对家乡发展充满期待

郑度院士因为早年常年研究青藏高原的自然地理，身体受到一定影响，但此次前来参加校庆活动，却显得精神矍铄。重返校园，回忆往事，郑度认为在聿怀中学六年的学习生涯奠定了他一生做学问、做人的态度和基础。郑度对母校、对家乡的发展充满期待，充满信心。

郑度表示，"端毅诚爱"四个字可以概括基本的道德要求，这对学生们以后走向社会的为人处世都很有作用，需要弘扬这种精神。现在孩子读书的条件要比他们当时好得多，更加要珍惜机会，认真学习，同时要融入社会、了解社会，才能成为更好的人才。

周福霖：树立为国家强大而努力的理想

中国工程院院士周福霖，是我国工程结构隔震减震理论技术的奠基人，他于1952年至1958年在聿怀中学求学，对母校怀有深深的感恩之心。

周福霖告诉年轻人，不要随波逐流，要敢于抵制社会上的不正之风。他认为，我国目前正处在发展的转型期，社会上出现的一些浮躁心理、追逐名利的现象是社会的进步所必然经历的过程。他希望年轻人要有明辨是非的能力，保持清醒头脑，树立为国家强大而奋发学习的远大理想。我国改革开放以来，发展成就令世界刮目相看。年轻人一定要坚信自己的理想，为理想而奋斗。

3. 潜艇模型　殷殷期盼

黄旭华曾说过："如果说我一生的历程中尚能坚持拼搏进取，在科研工作中有所成就的话，在感谢党和国家对我的爱护和培养之余，我不会忘记教育过我的聿怀先校长陈泽霖先生和全体师长，他们为培育后代付出了毕生精力。"

为了培养新一代聿怀人献身祖国建设事业的爱国主义精神，让聿怀精神火炬一代代传递下去，125周年、130周年、135周年和140周年校庆，黄旭华都如约而至，在同一个地点与师弟师妹们对话，以炽热的赤子之心感染聿怀后人。

2018年5月，他还委托专人，专程从武汉给聿怀中学送来了一艘核潜艇模型。这是一艘我国第一艘核潜艇的空间结构模型，逼真地还原其外部造型与雄伟气势，是"核潜艇之父"的"私人定制"，现存放在聿怀中学大洋校区泽霖堂。他把核潜艇模型送给母校，是希望它能作为鼓舞师弟师妹的可视性实物。

说起这艘核潜艇模型还真有来历。2017年9月29日，在聿怀中学140周年校庆纪念活动上，黄旭华看到学弟学妹们意气风发的青春模样，遂萌生了送一艘核潜艇模型的想法，希望激励新一代学子奋发向上，为建设强大祖国做出新的贡献。如今，这艘核潜艇模型就静静地安放在泽霖堂，闪耀着威严的光辉。

说起他关爱学弟学妹的故事，珍藏在聿怀人心里的还有很多很多。

2007年9月，他于校庆前夕给母校寄来了珍贵的生日礼物——给聿怀学子的信。

在信中，黄旭华分"是什么信念支撑我从事核潜艇研究工作""聿怀精神内涵"与"无私奉献的人生"三个部分，从亲身经历谈起，把"学习在一生的重要性""热爱祖国、热爱生活""中学时代的德、智、体全面教育影响人生抉择"等朴素道理对孩子们娓娓道来。

关于"是什么信念支撑我从事核潜艇研究工作"的话题，黄老情真意切，把对家国的热爱化为对聿怀学子的谆谆教导——

1937年卢沟桥事件前夕，我刚好小学毕业，日寇的大举侵略，迫使沿海城市学校停办。面对着即将沦陷的汕头，聿怀中学在校长陈泽霖先生带领下，毅然内迁揭阳县五经富山沟里，借用当地一所停办的中学校舍继续办学。那时我虽年小，但求学的迫切心愿推动着我。1938年大年初四，我不顾因战争破坏、交通中断的困难，从山路小道徒步走了四天，脚都走肿了，起了血泡，终于走进了盼望多日的聿怀校门。

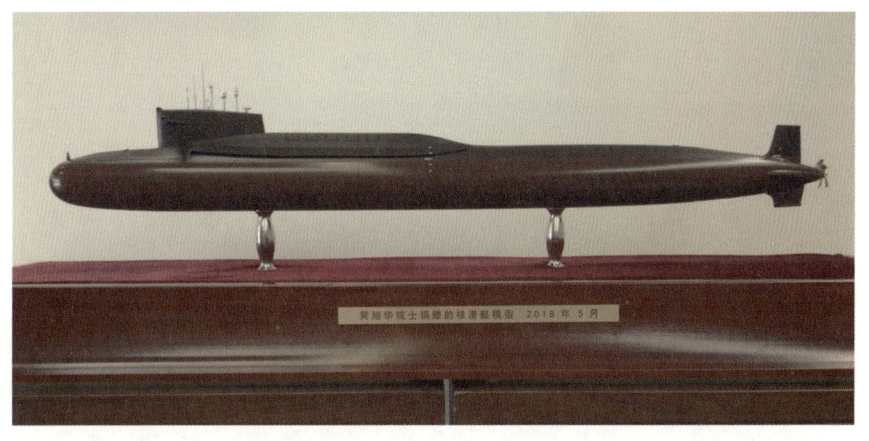

□ 黄旭华捐赠给母校的核潜艇模型

山沟里的聿怀中学，初中部的教室和宿舍全是用竹竿和草席临时搭起的棚子。草棚目标虽不大，日寇飞机却像寻找猎物的秃鹰一样时常盘旋在上空，待在教室里上课仍有危险。一有敌情，老师便采取"游击战术"，拉起各自的学生，提起小黑板，到野外找个隐蔽的"天然课堂"，席地而坐，继续上课。

沿海局势时紧时松，学校被迫几度停课。1941年，为了寻找安静的读书环境，几经辗转，我来到当时的抗日文化名城桂林，进入桂林中学读高中。桂林虽地处西南大后方，仍然不平静，在警报刺耳的呜呜声中，被如潮的人流裹挟着往城外的山洞疏散，时时有一股无名的屈辱和愤怒涌上心头，为什么日本人想投弹就投弹，想炮轰就炮轰，想登陆就登陆，杀我同胞，而中国人却在自家的土地上四处奔逃？为什么中国土地那么广阔，却连一个安静读书的场所也找不到？国家不富强，国防不牢固，中国人将无安宁之日，将永远受制于人，挨打、挨欺侮、挨侵略。

1944年高中毕业，正值日寇攻陷长沙，沿湘桂线南下，桂林紧急疏散，我动身去重庆报考高校。一片混乱中，我的行李在柳州丢失了，到达重庆时，各大学又已招考完毕。无奈之下，只好进入伪教育部为收容战区流亡学生特设的大学先修班。种种遭遇使我的思想产生了极大震动。"国家兴亡，匹夫有责"，我断然放弃了继承父业学医的念头，下定决心学造船，学好本领为国防，建造战舰捍卫祖国万里海疆。

大学毕业后，我从事过海军几型舰艇的转让制造和仿制工作。1954年美国第一个建成了核动力潜艇，由于其优越性能，它在国际上引起了很大震动。1958年党中央具有远见卓识，以大无畏的精神批准了聂荣臻元帅关于开展研制导弹核潜艇的报告，我有幸被选中参加核潜艇的探索与研制工作。

核潜艇的研制是一项技术非常复杂、要求高、牵涉面很广的国防尖端系统工程，是一座浮动的水下现代化城市、海底核电站和导弹水下发射场的有机结合，是一个国家科学技术和工业生产能力的缩影。严格地说，我们那时还不具备研制核潜艇的基本条件。1959年苏共总书记赫鲁晓夫来到中国，我国政府提出希望得到研制核潜艇的援助，赫鲁晓夫傲慢地拒绝了，他说："核潜艇技术复杂，耗钱多，你们中国没有水平也没有能力研制核潜艇。"毛泽东主席听了十分气愤，斩钉截铁地回答："核潜艇，一万年也要搞出来！"毛主席这段话，成为我国核潜艇研制战线上的巨大动力和动员会。大批科技工作者，有刚出校门的大学生，有吃过"洋面包"的留学生，他们响应党的号召，告别了城市的优越生活条件，从五湖四海汇集到一个荒山半岛上，组织成一支肩负特殊使命的科研队伍，开始了一场不平凡的事业。我很幸运也很幸福能有机会与我国核潜艇事业联系在一起，实现为祖国国防建设尽我一生之力的理想。我一定竭尽全力，鞠躬尽瘁，不折不扣完成党和国家交给的任务。

如果问我是什么信念支撑我研制核潜艇，我会如同我的战友们那样简单地回答：是强烈的政治责任感、历史使命感，也有自身的自豪感和荣誉感。

关于"聿怀精神内涵"，他结合自己的亲身经历自有看法——

我进聿怀中学读初中是1938年春。1937年日寇发动侵略战争，中华民族面临深重的灾难，中国人民处于水深火热之中。面临着即将沦陷的汕头，聿怀怎么办？是继续留在汕头还是内迁坚持办学？两者必选择其一。

当时的校长陈泽霖先生具有远见卓识，毅然做出内迁的抉择。这是件很不寻常的抉择，它显示了陈泽霖校长为祖国教育事业的远大抱负，显示了陈泽霖校长为教育事业不畏艰难的毅力，显示了聿怀中学自强不息的顽强精神。

五经富地属山区，交通不便，环境闭塞，办学和生活条件都很

□ 黄旭华伉俪归省黄老的母校

困难。以严谨著称的聿怀学生在这穷乡僻壤山沟里治起学来，仍然丁是丁，卯是卯，一点也不含糊。白天在"天然课堂"上课，晚上则在自制豆灯下认真复习功课。天上繁星点点，人间油灯盏盏，天上人间星光与灯光相映成趣，平添了山乡一景。

聿怀在强调热爱学习、争取优秀成绩的同时，也注重对学生热爱祖国、热爱生活、"德、智、体"全面发展的教育。学校里抗日爱国思想十分活跃，办壁报、演话剧、赛歌咏等等，这些活动将我们这些身处偏远、耳目闭塞的学子的心与祖国的命运联系在一起。从"狂呼社""叱咤社"这些带浓厚火药味的学生社团取名可以看出同学们反对日寇侵略的愤怒激情。同学们曾组织抗日宣传队到棉湖等地宣传演出。在抗日话剧《放下你的鞭子》中，我扮演了小姑娘，戏排演得有些粗糙，但演员演得都很卖力，群众看得格外认真。不知不觉，演员的感情、观众的情绪与剧情的发展交融在一起，台上喊口号，台下也振臂高呼，演员怒斥汉奸，观众也齐声喊杀，在这热血沸腾的气氛中，我隐约在思考，将来学成长大成人，应该为祖国做点什么？

学校文体生活也很活跃，早操锻炼、各种球类、田径和书法比赛以及画展等等，给紧张的学习生活增添了生动活泼、朝气蓬勃的气氛，我一直保存着一枚当时比赛获得的银色金属奖章，正面是一健美男子浮雕，背面刻有"汕头聿怀中学""1939""球类奖章"等字样，我珍藏了60多年，在母校125周年华诞前夕，我把它献还给母校，作为历史的见证。

聿怀中学建校已130周年。130年来她与祖国、与中华民族一道经历风雨，自强不息，顽强拼搏。几代人的艰苦奋斗，谱写了灿烂篇章，为祖国培育、输送了各类优秀人才，桃李芬芳，硕果累累。改革开放给聿怀注入新的生机，继往开来，与时俱进，已形成一所集高级中学、初级中学和附属小学完整一体的中等学府。我非常高兴知道聿怀在历年高考、中考中成绩优异，一直位于汕头市重点中学的前列。这是全校师生继承和发扬先校长陈泽霖先生为教育事业奋斗一生的崇高精神，是几代人严谨治学，艰苦奋斗形成的光荣传统和良好校风，是全校师生共同努力的丰硕成果。

"教育是强国之本"，聿怀肩负培育和输送高、新、尖人才好苗子的重任，肩负着历史使命的重托，任重而道远。我深深感谢母校培育了我，锻炼了我。我非常欣赏同学们的这样一句话："今天我以聿怀为荣，明天聿怀以我为荣。"这句话充分表达了同学们对今天和未来的抱负，太好了！同学们很幸运，希望好好学习，打好基础，为将来继续深造做好准备。

关于"无私奉献的人生"话题，黄老娓娓道来——

我们老一代科技工作者，从亲身的经历，深深认识到科学技术的发展，特别是高、新领域科学技术的突破，需要一大批立志为科学技术发展的事业奉献毕生精力的科技工作者和专业人才。

科学技术的发展是面对数不清的未知数，在探索未知的道路上，荆棘丛生，困难重重，从来不可能没有险阻就一帆风顺的道路，只有靠顽强拼搏的毅力，坚忍不拔、百折不挠、勇往直前的精神，才能克服困难，攀登高峰，在竞争中取胜，这需要有奉献精神。

科学技术在探索"未知"的过程中，遇到困难挫折甚至失败的时候，首先要能够不计个人得失，坚持追求真理，勇于负责，决不急功近利，半途而废，这也需要有奉献的精神。

至于从事国防科技工作，由于机密性很强，要求更高，更需要有奉献的精神。记得我参与核潜艇工作时，领导曾对我强调了三点要求：一是进入这个领域就要立志干一辈子，不能半途有"出来"的思想；二是立志做无名英雄，默默无闻地工作；三是绝对保守机密，在亲人的面前也不能暴露工作性质。我欣然接受，因为这是党和国家对我的信任，是特殊工作需要，是神圣而光荣的任务。从那个时候起，我自觉地将自己"隐藏"起来，就像核潜艇一样，和战

□ 黄旭华院士娓娓道来求学历程

友们一同"潜"了下去，为祖国母亲铸造利剑。

这就是我对"无私奉献"和"赫赫无名的人生"的看法和态度，我为此而自豪。

现在有些青年人很注重实现自我价值，高中毕业了考上名牌大学，大学毕业了有了知识，自身的价值也就提高了，这是一种自我价值的实现。这里有个自我价值定位的问题，也就是如何解决好学与用，个人与国家利益相融合而不是相对立的问题。我们老一辈科技工作者是这样认识的：国家不富强，民族不强盛，个人得到的利益是不会长久的。为了核潜艇的研制，广大科技工作者奋斗了一辈子，奉献了全部青春，弹指一挥几十年，问他们此生有何感受，他们会自豪地说"此生无悔"，"这一辈子没有虚度"。如果再问为什么，他们会骄傲地回答："自己是中华民族的儿女，是国家的人，是事业的人，此生属于核潜艇。"这就是他们对自我价值的定位。

至于问到对"钱"的看法，我不否认"钱"的能量，尤其在市场经济社会里，能量更大。但是古人有句名言："君子爱财，取之有道。"通过对国家对社会的贡献取得相应的报酬，那是正当的。如果为了钱，放弃了理想和事业的追求，急功近利，则是不可

□ 黄旭华院士亲笔赠言勉励校友

取的。把个人价值定位在建功立业上，对事业的追求自然放在第一位。有人问我，当今社会上有些分配不公的现象，你有何想法？我的回答很简单，只要他们的来路是正当的，一、我祝贺他；二、我不眼红；三、我知足矣！

作为"大师兄"，他用自己的坚定信念阐释了"爱国奉献"社会主义核心价值观的重要性，用自己的知行合一阐释了聿怀"端毅诚爱"的精神，表达了对年轻一代的社会责任感和强烈的历史使命感。

4. 勉励英才　圆梦科学

2018年12月的一个周末，聿怀中学"黄旭华英才班"的同学们，来到揭西玉湖新寮村，探寻黄旭华的故居，重访今日的北山中学——黄旭华1938年在聿怀中学求学的旧址。

当年取水用的古井和辘轳柱子，依旧在老树下静静屹立。岁月过去了80年，面前是揭西的龙江河畔，背后是逶迤的莲花山脉，清澈的龙江依然缓缓地流着，诉说着岁月无声的故事。

聿怀中学有个"黄旭华英才班"，班里是2018年秋季才开始招生的优秀学子。他们深知，在这个班级学习，肩负着"大师兄"黄旭华的重托，也是学校在办学上下功夫的一个新亮点。

说起这个班的创设，还有一个暖心的故事。

那是2017年夏日的一天，聿怀中学校长邱文荣、聿怀中学校友会副会长马来添，还有潮汕星河基金会的两位副秘书长一行，专程来到武汉的七一九研究所拜访黄旭华，诚挚邀请他多回母校看看，出席聿怀中学建校140周年主题活动。

此时的黄旭华已经91岁高龄，行动不便，然而，他对母校的留恋溢于言表，一往情深。他告诉母校师友，他兄弟姐妹9个人，就有6个人曾在聿怀中学读过书，一家人与"聿怀"有着千丝万缕的关系；而他，自从1993年首次回汕头探望苏老师，这些年已经先后回校6次，每一次都能看到很多变化，每一次都有很大感触。

"我人老了，居住在江城，却经常对故乡的人和事泛起思念之情。"他说，人最重要的品质就是要"饮水思源"，自己的人生起点就是在聿怀中学读书时开始的，学校既传授了知识，更锻炼了学生自立自强的能力和不畏困难的意志。正是在聿怀中学得到的锻炼，让他在今后的生活和工作中，不管遇到什么困难都不会被打垮。

邱文荣校长还悄悄告诉了我们一个秘密。原来，那天他们还

□ 抗战期间聿怀中学师生饮水的井

□ 黄旭华院士的书柜一角珍藏着许多关于母校聿怀中学的书刊

发现，在他书房里的书柜上，居然珍藏了很多与"聿怀"有关的书刊。大家很是感叹：在他的心里，有一块洁净的、永远飘洒着岁月的芬芳，那是关于母校聿怀的情愫！那是永远的家国情怀！

于是，在聿怀中学建校140周年的金秋九月，2017年9月29日，他再次如期而至。聿怀的校园飘荡着永远的木棉花香。当91岁高龄的他缓缓走上演讲台时，所有人都报以雷鸣般的掌声。致辞中，他向母校致以最由衷的祝福，感叹母校近年来取得的巨大进步，呼吁广大校友一如既往地关心、支持母校发展，用共同的行动和集体的力量创造母校更加辉煌的未来！他还鼓励在校的学子们，要树远大理想、立自强之志、迈坚实脚步，努力成为聿怀新一代的骄子！

当老校长杨子权问他："在潮汕地区乃至广东全省，是谁最先联系上您的？"他不假思索地回答："是你，是聿怀！"

在聿怀中学建校140周年主题活动上，黄旭华以校友的身份致辞，呼吁大家"用我们的行动创造母校更加辉煌的未来"——

"带着回忆，带着感激，怀着敬意，怀着祝愿，我们欢聚一

□ 2017年9月29日，黄旭华伉俪第七次归省黄老的母校，此次是140周年校庆

堂，共庆母校140年华诞。在这令人激动万分的时刻，请允许我代表聿怀中学的校友们向我们的母校致以最热烈的生日祝贺，向各位无私奉献的老师们致以诚挚的敬意，向新老校友们送上真挚的祝福，向出席今天盛会的领导们表示衷心的感谢。

"往事如歌，岁月如诗，回顾在聿怀的求学历程，相信在座的校友与我一样，心潮起伏，感慨万千。当年我在聿怀中学就读期间，正值日本发动侵华战争之际，学习与生活条件都很困难。由于学习机会来之不易，我们更加感到知识的难能可贵，激发了勤奋刻苦的学习精神与如饥似渴的求知欲望。在聿怀中学的学习生涯中，艰苦的环境磨炼了我的意志，校长老师的言传身教滋润了我的心田，这些都为我之后继续追求学业上的进步以及思想上的成熟打下了坚实基础。正是有如先校长陈泽霖先生这样的聿怀人，用毕生精力辛勤耕耘着这片沃土，期盼着年年桃李芬芳，聿怀才能在风雨飘摇的年代里起步，在改革开放的浪潮中崛起，在和平安宁的新时代里腾飞，逐渐凝结成"天行惟健，君子惟醇"的聿怀精神，成为母校不断创造新辉煌的强大动力，成为所有聿怀人人生道路的有力支撑。

"聿怀已经走过了140个春秋,如今更加生机焕发。虽然我常年身在异乡,但时常听闻从母校传来的佳音,得知聿怀在办学规模、学科建设等多个方面都谱写了誉满粤东的灿烂篇章。每一次归省母校,在欣慰母校严谨的校风未改,争创一流的气魄不变之余,也为学校翻天覆地的变化与蓬勃向上的发展态势感到惊喜与欣慰。母校对于每一位学子而言都是一种情怀,一份眷恋,是我们永远的精神家园。在此,我希望广大校友一如既往地关注与支持母校的建设与发展,用我们共同的行动和集体的力量创造母校更加辉煌的未来!

"我还想对在校学习的同学们说,按照解放时期毛泽东主席在莫斯科接见留苏学生时,称他们是早上八九点的太阳的话,你们应该是六七点钟刚刚升起的太阳,光芒四射,前程无量。祖国寄希望于你们,我们老一辈科技工作者、老学长也寄望于你们,希望你们珍惜青春时光和优越的条件,在学习中加强修养,在求索中锻炼品格,在实践中提高能力,树远大理想,立自强之志,迈坚实脚步,努力成为聿怀新一代的骄子!"

是的,聿怀母校始终在黄旭华的心中。现任广东以色列理工学院招生办主任的聿怀校友曾锐感慨:"提倡年轻一代以'核潜艇精神'去立志、去从事科研、去学习创业,我觉得不管是给现在还在学的学生,还是对我们已经在工作的聿怀校友,都是一个很好的鼓励。"

此次来到汕头,除了参加聿怀中学校庆,黄旭华还出席了潮汕星河首届成就奖颁奖大会,接受潮汕星河成就奖的颁授。

潮汕星河成就奖是潮汕星河奖基金会于2017年举办的一个新奖项,由知名潮商张章笋先生捐资2000万元支持设立,旨在重奖在政治、经济、科技、文化等各个不同领域取得重大成就的潮汕籍知名人士,以表彰他们对国家的现代化建设事业所做出的卓越贡献,并激励后来者向他们学习。为确保评选工作能够公平、公开、公正地进行，潮汕星河奖基金会还专门研究制定了《潮汕星河成就奖奖励办法》，并设立了潮汕星河成就奖提名委员会。每位潮汕星河成就奖获奖者的确定，须先经提名委员会研究提出，再由潮汕星河奖基金会理事会最终审定。

而黄旭华，正是获颁这一奖项的第一人！

时代在飞速发展，但是，前进的道路仍布满荆棘。跨入新时代，如何与师弟师妹们分享、共勉，让"自力更生、艰苦奋斗、大力协同、无私奉献"的核潜艇精神继续发挥作用？如何让"只争朝夕、奋勇拼搏、默默奉献"的科学精神激发聿怀学子勇攀科学高峰，为实现中国梦的伟大理想而努力奋斗？

黄旭华的心里一直在思考："我，还能为母校做点什么？"

于是，怀着对母校深沉的爱，他在荣获潮汕星河成就奖后，决定从奖金中拿出20万元捐赠给母校，用于建设聿怀中学的人才培养基地，奖励优秀学子。

黄旭华的深情厚爱，震撼了母校师生。迅速响应他的决定，聿怀中学成立"黄旭华育才奖理事会"，设立"黄旭华育才奖"，奖励每年考取"双一流"高校的聿怀学生；同时，从2018年秋季开始，学校设立"黄旭华英才班"，在2018届高一新生中选取50名优秀学子，由"黄旭华育才奖理事会"负责全部学杂费，并安排优秀教师全程跟进、精心培育。此外，还邀请中山大学、华南理工大学、广东以色列理工学院等知名院校的教授莅校指导，针对性地在高中学段培养创新型科技人才，实现与高校对接，努力为国家培养更多"有理想、有本领、有担当"的青年才俊。

那一天，我们随着"黄旭华英才班"的孩子们，带着对"大师兄"的无限向往之情，来到揭西五经富北山中学，探寻聿怀中学当年迁校办学的旧址，来到揭东玉湖新寮村，探寻黄旭华儿时的故居，进行了一场"求学报国的探寻之旅"。

□ 聿怀中学"黄旭华英才班"师生在黄旭华故居前合影

　　正是少年求学的艰难，让黄旭华对母校聿怀充满了感恩之情。"黄旭华育才奖"和"黄旭华英才班"，都是他与母校千丝万缕的情感见证。黄旭华曾郑重答应，一定会寻找机会亲自来给这批"未来的英才"授课。如今，这些孩子来到北山中学，感受他当年在此求学的经历，感受在烽火中学习的难能可贵精神。

　　北山中学位于揭西龙江河畔，背靠逶迤的莲花山脉，校门前是一条清澈的龙江，是1931年由爱国华侨曾兆出先生捐建的培英中学易名而来。1937年"七七事变"之后，抗日战争全面爆发。1938年，时任聿怀中学校长的陈泽霖先生，带领着几十个学生步行迁来此地，坚持办学。当年，随校一同迁来这里继续求学的学生，还有后来任职上海复旦大学副校长的邹剑秋、广东省社科院副院长曾牧野、汕头大学医学院党委书记何刚、泰中友协副主席李建南、旅泰糖业巨子汪澄波等优秀学子。大家一面努力读书，一面积极参加抗日救亡运动，校园内的师生爱国热情高涨，备受地方爱戴。

今天的北山中学占地65亩，校园里的三角梅灿烂地开着紫色的花，宽阔的操场上，同学们正在兴高采烈地打球。李副校长介绍，当年的校园只有一座培英楼，但从这里走出去的很多学生却都成为各行各业的精英栋梁，新中国成立后，学校定名为培英中学。"当年黄旭华院士在这里读书的时候，只有一座培英楼，还是平房，现在这座正方形的新楼是后来改建的。"

2007年9月秋季开学时，黄旭华曾经来过这里。李副校长告诉我们："老人家对我们学校充满感情，给学生讲述当年在这里的求学经历，人和事的细节历历在目。"那一次，黄旭华还应邀给学校留下了珍贵的题词："祝母校北山中学自强不息，德、智、体全面发展！"

带着历史的痕迹，校园里还有一棵根须发达、直垂地上的参天大树。原来，这是一棵来自泰国的芒果树，1931年创办学校时，由学校创办人曾兆春先生专门从泰国移植而来的。这棵饱含沧桑的大芒果树与学校同龄，它经历多艰岁月，见证风雨日月，却年年结果，岁岁芬芳，如今依然郁郁葱葱，散发着蓬勃的生命力。

这，也许就是那蓬勃奋发、孜孜以求的民族精神吧！

在聿怀中学与北山中学的交流会上，两校的孩子们一起聆听了2007年黄旭华在北山中学的演讲视频，共同畅谈过往对这位"大师兄"的所见所闻、所思所想。同学们仿佛沉浸在黄旭华带领的团队艰苦奋斗、潜心研制核潜艇的爱国事迹中，领悟着他"学习要专、兴趣要广"的谆谆叮嘱，纷纷表示要以科学家为榜样，树立刻苦学习、积极勤奋的钻研精神。

交流会上，有的同学拉起了二胡，有的同学奏起了古琴，还有的同学展示了"天行惟健，君子惟醇"的书法，咿咿呀呀的乐曲、铁线银钩的墨韵，寄托了至善、至睿、至淳的丰怀精神。

黄昏时刻，我们离开了北山中学，一路前往揭东玉湖新寮村。远远地，就见到了一块"中国核潜艇之父故居"的大牌匾！夕阳西下，我们踏着晚霞走进了新寮村。这里山清水秀，绿树葱茏，刚刚建好的院士广场散发着文明的气息。沿着向上的小路，走过蜿蜒而上的石梯，黄旭华故居呈现在我们眼前。

新寮村毗邻潮州、丰顺，是一座隐于青山绿水中400多年的潮汕小村落。村里的老人说，新寮村始建于公元1578年，当年的创始祖黄心境公走到此地，顿觉山清景明，山溪相汇，聚气藏风，于是便决定在此建厅筑堂、开山造田、繁衍子孙。从此，黄家子孙在此地生生不息，并开创了一代淳朴善良的民风。

我们沿着小路蜿蜒而行，一旁的山泉叮咚，流淌成一条小溪，伴随我们的脚步，从山脚下的院士广场经过，来到了"分柑桥"。"分柑桥"是新寮村最具特色的地理标志，也曾经是村里唯一通往村外的通道。桥头矗立的石碑上记载，每到除夕，当年家里"添丁"的村民人家，就会挑着满满的一箩筐柑橘来到桥边，将"大橘"（寓意大吉大利）赠送给过桥的乡亲们，一起分享"添丁"的喜悦。

过"分柑桥"进村，一路往上，级级登高，进入村落腹地，一个村落赫然可见。也许黄家先祖们择地而居，把村落建在高地上是隐喻着"人往高处走"的吉祥之意。如今站在村落之上，有居高俯瞰之感。站在山坡上，院士故居映入眼帘，在转角处现出黄旭华的祖屋。

村落深处，还矗立着一座初祖方寨。与梅州地区的圆形围屋不同的是，这是一座方形的寨子，共有108个房间，是400多年前黄氏先人立村的见证。村落的外围，农田、溪水环绕，村中的一个古井诉说着悠悠岁月。据说，创寨至今，古井400多年来终年汲水不干，至今仍为村民所用，当地一道名菜"古井豆腐"的制作便是必须采用这座古井之水。凡是用了这井水制作的豆腐，同样的水量却可以比其他井水多做出两块豆腐来，成为"古村一奇"。

新寮村人杰地灵，近年来村里先后修复建成锡廷公祠、三举人旗杆夹、三举人牌匾和练武石、穿心巷、三举人练功房、三举人公厅、古树古井、黄庭芝故居、黄旭华院士故居、黄旭华院士书院等胜景。这里向有崇文尚武之风气，永昌楼三举人公厅便是佐证。原来，清朝道光年间，潮汕揭阳一带数十年没出过武举人，村中的黄国祥、黄袭祥、黄绍雄三兄弟苦练三年功夫，一举夺冠，一家出了三举人。当武举人自省城荣归故里时，全邑家家户户挂起红灯笼祝贺。如今，"武魁"的金字横匾仍是村里人的骄傲，公厅前的旗杆夹和练武石、"练武饭"，都彰显着新寮人的英雄气概，学武励志成为新寮人的风尚。

或许，只有穿行在这个村落里，我们才能真切地感受到，崇文尚武的风骨一早植根于黄旭华的血脉，他的多才多艺是家传也是村风。黄旭华不仅能奏扬琴、吹口琴、拉小提琴，还能引吭高歌，甚至指挥千人合唱。生在"武举人之乡"，他在武术上也颇有心得。

□ 黄旭华院士重回故里

村里人说，黄旭华的祖父是前清武秀才；他的父亲也略通武术，幼时练过套路，中年时学了长拳、太极，晚年还融会贯通，自创了一套拳法。难怪，黄旭华能把一套太极拳打得游刃有余，耄耋之年依旧气定神闲。

黄旭华的祖屋有一块题着"崇德堂"的牌匾，是潮汕祠堂传统的厢房建筑结构，占地面积4245平方米，其中建筑面积2166平方米，陈列面积1988平方米，内设"黄旭华院士成就"展厅，还有院士卧室、家具室、农具室各一间及故居管理处，并修建了黄旭华院士书院、书斋路以及书院广场等配套工程。简朴的"黄旭华院士成就"展厅里，陈列着一架"中国核潜艇"铜铸模型，还有图文并茂的"中国核潜艇的创造奇迹"主题展板，都是对观瞻者的激励与启示。

据考证，黄旭华是新龙围黄氏第十一代子孙。1926年3月12日出生于汕尾，祖籍地为广东揭阳市玉湖镇新寮村，父母当年设育黎药房，阖家悬壶济世，仗义疏财，享誉乡里。

新寮村完好地保留着黄旭华的祖居，祖屋里还有他小时候住过的房间。村人介绍，他小时候在聿怀中学就读时，假期都是在这里学习和生活的。当地人记得，2014年4月29日，黄旭华回到故里为当时的"群众路线教育实践活动报告会"做专题报告，曾欣然挥毫留下"我爱新寮村"的墨宝，新寮人一直以他为荣。如今，故居山清水秀，民风淳朴，龙眼飘香。这座传统的潮汕民居是揭东区爱国主义教育基地，村里还是远近闻名的"广东省古村落"。

华灯初上时分，我们恋恋不舍地离开黄旭华故居。一路上，"黄旭华英才班"的同学们特别安静。尽管肚子很饿，尽管这个周日不能好好休息，但这一路的所见所闻显然已经深入孩子们的灵魂，促动他们开始新的人生思考。

这正是——

凤凰台上忆吹箫·师恩情重

山水清明，近来入梦，故园常萦心头。

任天高海阔，逶迤平川。

一时离愁别苦，多少事，年少白头！

新来瘦！师恩情重，聿怀多福分，

急急！千里飞驰，处处凝眸。

忆早年求学，多难之秋。

唯有抗日爱国，谨记住、旧恨新愁。

喜今朝，百年名校，育好秀苗。

/ 手记 /

要做新时代的追梦人！

青年兴则国家兴，青年强则国家强。对于年轻的科研设计人员，黄旭华院士常常会送给他们"三面镜子"。他说，科研人员必须随身带上"三面镜子"。一是"放大镜"，要学会扩大视野，跟踪追寻有效线索；二是"显微镜"，要学会放大信息，看清其内容和实质；三是"照妖镜"，要学会鉴别真假，吸取精华，为我所用。其言也善，其心也真！他传授给年轻人的，是一个老科学家的真知灼见，是渗透到骨子里的对科研事业的热爱和忠诚。

曾经，老一辈科学家用智慧和艰苦奋斗精神为我们开辟了一条光明的创新道路，用实践证明"人世间的一切幸福都需要靠辛勤的劳动来创造",在参与伟大时代创造的同时也成就了自己精彩的人生。"一个时代有一个时代的主题,一代人有一代人的使命。"新时代同样需要科学家精神。对此,青年一代不能观望,没有退路,唯有奋斗、奋进,才能在改革开放的时代洪流中书写新时代的新篇章。

青年一代的理想信念、精神状态、综合素质,往往是一个民族活力的重要体现,也是一个国家核心竞争力的重要因素。习近平总书记说过:"广大青年要成为实现中华民族伟大复兴的生力军,肩负起国家和民族的希望。"在新时代的新征程上,年轻的一代人有理想、有抱负、有担当,国家才有未来,民族才有希望。而教育的终极目的,正是更广泛地让更多的青年人受到良好的教育,当他们学有所成时,心中装的应是对国家和民族复兴的执着,对科学的敬畏、专注和进取,对人类的博爱之心。

40多年改革开放的伟大实践也反复证明,什么时候我们振奋起改革的精神,什么时候就具有冲开一切向前的根本动力,敢想、敢闯、勇干、善行,是改革开放路上一切活力的源泉。"我们现在所处的,是一个船到中流浪更急、人到半山路更陡的时候,是一个愈进愈难、愈进愈险而又不进则退、非进不可的时候。"历史走到了中华民族伟大复兴的关键当口。这是百余年来一代代中国人梦寐以求的时刻。伟大梦想从来不是等来的、喊来的,而是奋斗出来的。作为新时代的改革者、中国复兴路上的奋斗者,青年人必须坚定理想信念,砥砺使命初心,照亮前进之路,用行动体味"奋斗本身就是一种幸福"。

如今的青年生逢其时,也重任在肩;是追梦者,也是圆梦人。奋斗路上,既要有追梦的激情和理想,也要有圆梦的坚韧与奉献。民族复兴需要凝聚起磅礴的青春力量,青年人的每一步攀登,都跟这个国家的进步息息相关;青年人的每一分付出,都将获得幸福的回报。要培养奋斗的精神,要学习无涯的科学知识,要掌握世界发展的规律，要探索宇宙未知的难题，为祖国争光，为人类造福。

人生如水奔流向海。每个人都像一滴水珠，只有汇入时代的洪流，融进浩瀚的大海，才能在新时代改革开放的接续奋斗中，谱写高尚无悔的灿烂篇章。忠于祖国、忠于人民，立鸿鹄志、做奋斗者，求真学问、练真本领，知行合一、做实干家，只有把自己的理想与祖国的前途和民族的命运紧紧联系在一起，才能建功立业，才能梦想成真。

奋斗是70多年不变的接力，更是新时代的底色。"青春是用来奋斗的"——老一辈人爱国至上的心声仍然响彻耳旁，这也是这一代青年共同的誓言。年轻的人啊，请牢牢记住吧，在你人生美好的青春年华，一位德高望重的94岁高龄科学家对你的殷殷期盼！

潜龙在渊

第六章 三亚叙事 南海微澜

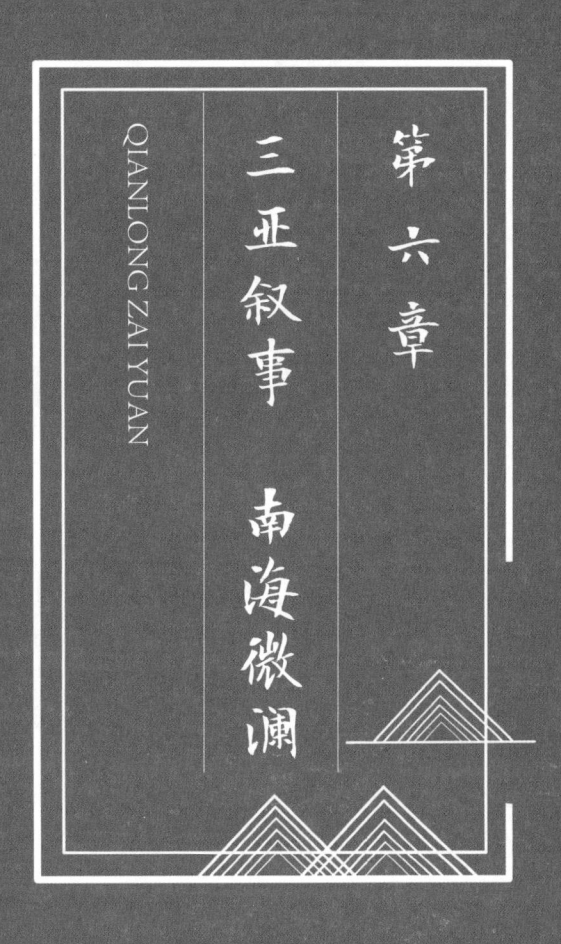

QIANLONG ZAI YUAN

"如今，用什么来描述'〇九人'的人生？有两个字可以说是我们的人生写照：一个是'痴'，一个是'乐'。痴，是痴迷于核潜艇，献身核潜艇，无怨无悔；乐，是用乐观对待一切事物，科研生活是极为艰苦的，而乐在其中，苦中有乐，苦中作乐，乐是主旋律。"

"人类任何一点进步都离不开'痴'与'乐'的精神。"

"〇九精神"的"痴"与"乐"，正是中华文化经典中最"雅"和最"正"的圆舞曲。

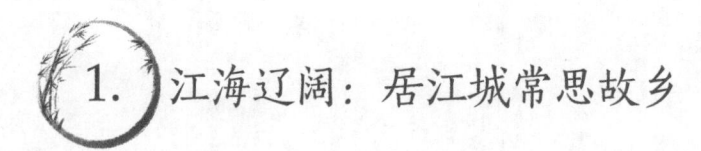

1. 江海辽阔：居江城常思故乡

"滚滚长江东逝水，浪花淘尽英雄"，不管世事变迁，时光迁移，朝代更迭，长江像一条碧绿玉带，缠绕在群山之中，犹如巨龙般飞奔向东海。人物风流，孤帆远影，碧空尽洗，大浪淘沙，唯见"大江东去，浪淘尽，千古风流人物"！

中华民族的"母亲河"长江，呼啸着从"世界屋脊"青藏高原的唐古拉山脉各拉丹冬峰西南侧发源而来，一路翻山越岭，一路奔腾不息，经青海、西藏、四川、云南、重庆、湖北、湖南、江西、安徽、江苏、上海11个省区市注入东海，自西而东横贯中国中部。

地处长江中游、江汉平原东部的武汉，长江及其最大支流汉水横穿市境中央，将城区一分为三，形成武昌、汉口、汉阳三镇隔江鼎立的局面。早在6000年前的新石器时代，中华先民已经在此繁衍生息。这里是有着悠久历史、让人吟诵与敬仰的荆楚大地，屈原的《离骚》让楚辞之美绽放出迷人的楚文化。

□ 长江流域另一种鲸豚哺乳动物白鳘豚,与核潜艇外形很相似,但已经功能性灭绝

如今的大武汉,传颂的"风流人物"是共和国勋章获得者黄旭华的英名!自从1976年跟随七一九所迁移到长江边,武汉就成了他的第二故乡。

而武汉,也以黄旭华为荣。

2017年12月25日,《长江日报》以《大国赤子黄旭华》的醒目标题,配以具强烈视觉冲击力的大图片,推出了整个大版的长篇人物通讯报道。

文章写道——

即将过去的2017年,无疑是中国核潜艇之父黄旭华最红最火的一年。在新时代,这位隐姓埋名30年的国家功臣"圈粉"无数。而恰恰就在这一年,他又跨过了不再隐姓埋名的30年。中华民族最近的90年,正走在从站起来到强起来的道路上。而回望黄旭华的过去,这位九旬老人始终以国家为重,与时代同行,用生命的三个30年,完美地将个人与国家命运紧紧镶嵌。

一石激起千层浪。武汉这座有着1000多万人口的大城，处处传颂着他"用三个30年将个人与国家命运紧紧镶嵌"的感人故事。

2017年，武汉市推荐时年91岁的黄旭华参选第六届全国道德模范，最后，他作为"爱岗敬业"的楷模高票当选。当年11月17日上午，全国精神文明建设表彰大会在人民大会堂举行，黄老被安排坐1号车赴会，参会座位也是最醒目的1排1号。习近平总书记会见与会代表并合影留念后，大会进入颁奖环节，他代表道德模范登台发言，"我今年已经91岁了"，这句话就让台下响起了雷鸣般的掌声。5分钟的演讲里，全场8次响起热烈掌声。

"很温暖，很感动。"2017年11月17日下午，黄旭华与长江日报记者谈起当天上午大合影时的情形，仍旧激动不已，"习总书记跟大家合影时，原来安排我站在习总书记后面，我已经感觉到非常幸运。没想到总书记还把我请下来，当时思想上真的是没想到。非常激动，激动得话也说不出来。"在这之前，2017年11月16日晚上，他在接受长江日报记者的专访时由衷地说："获得道德模范这个荣誉，我很激动，非常感谢社会各界对我的信任，但是压力也很大——我感觉自己的差距很大，因此我还要继续努力。"

黄旭华深情回忆武汉是"第二故乡"，希望年轻人报效祖国。他说："在我一生中，工作和生活时间最长的地方就在武汉。我9岁离开家，在上海求学4年，到北京、辽宁工作了10年，1976年到武汉来，这里成为我的第二故乡。"

"武汉科研条件好，工业生产体系也比较完备。原来我们研究所的科研人员大多毕业于上海交大和哈尔滨的大学，现在主要来自华中科技大学、武汉大学。"

在黄旭华的眼里，身为全国大学生最多的城市，武汉有底蕴、有前途。他真诚地给年轻人创业成才、报效祖国提两点建议："一是现在科学进步非常快，高新尖端技术，特别是先进的国防技术，要想从国外引进，几乎不可能。只有自力更生，才能掌握主动权、保持领先优势。二是要准备艰苦奋斗，年轻人是国家的希望和未来，希望你们不辜负人民的期待，好好努力，报效祖国。"

2018年3月6日，黄旭华获评"武汉功勋市民"。在武汉市召开的全市宣传部长会议暨高校思想政治工作会议上，他作为唱响新时代武汉好声音、着力提高城市影响力和美誉度的先锋人物荣登榜首。湖北省委副书记、武汉市委书记陈一新亲自为黄老披上绶带，搀扶他在主席台就座，感谢他为武汉这片好人聚焦的热土做出的贡献，表彰他是城市伟大梦想的优秀构建者，是奋力拼搏赶超发展的模范实践者，为社会各界和人民群众树立了道德标杆，把武汉这座城市的金牌擦得更亮了。

武汉，这座大爱之城，已拥有全国道德模范12位、"中国好人"84位、"感动中国"人物13位、全国文明家庭2户及一大批省、市级先进典型，被誉为"一城好人、道德高地"。

□ 武汉光谷科技城

武汉向来更是文人们聚集的好地方。盛唐赋诗，文人墨客一路高歌；南来北往，各路人才济济一城。于是，王维在武汉"送康太守"，温庭筠在武汉"送人东游"，王昌龄在武汉"送人归江夏"，杜牧在武汉"送王侍御赴夏口"，刘长卿在武汉"送屈突司直使湖南"——文人骚客在武汉迎来送往，高歌吟唱。诗仙李白来武汉就不下十次，有诗为证：《送储邕之武昌》《送黄钟之鄱阳谒张使君序》《送二季之江东》《黄鹤楼送孟浩然之广陵》《送张舍人之江东》《江夏送林公上人游衡岳序》《江夏送友人》，还有《陪宋中丞武昌夜饮怀古》等等。而长江边被诗人墨客吟唱多了，更加气象万千的黄鹤楼，曾让诗仙李白搁笔感叹："眼前有景道不得，崔颢题诗在上头。"

关于黄鹤楼，有崔颢的千古传唱：

□ 武汉夜景

昔人已乘黄鹤去，此地空余黄鹤楼。
黄鹤一去不复返，白云千载空悠悠。
晴川历历汉阳树，芳草萋萋鹦鹉洲。
日暮乡关何处是？烟波江上使人愁。

当年，29岁的李白约上友人孟浩然来到黄鹤楼相见，写下脍炙人口的赠别诗《黄鹤楼送孟浩然之广陵》：

故人西辞黄鹤楼，烟花三月下扬州。
孤帆远影碧空尽，唯见长江天际流。

30年后，暮年李白再次与好友相聚黄鹤楼，写下了《与史郎中

钦听黄鹤楼上吹笛》：

> 一为迁客去长沙，西望长安不见家。
> 黄鹤楼中吹玉笛，江城五月落梅花。

自此，武汉别称"江城"。究竟是汉水的灵秀孕育诗人的豪情，还是翘楚的诗人成就了钟灵毓秀的武汉？无论是苏轼、陆游、黄庭坚，还是范成大、梅尧臣，许许多多的大文豪都把武汉写进了诗词的美丽长卷中。

武汉因水而兴，是长江、汉水奔腾而来，在丘岗起伏、平原洼地之间织就巨大水网，让湖泊星罗棋布。华中师范大学教授、博士生导师马敏说过，武汉在发展过程中与水共依共存。晚清时期，时任湖广总督的张之洞为治理水患，修建了张公堤，自此汉口与东西湖分开，后湖等低地露出水面，可供居住和耕作，由此奠定了大汉口的基础。如今，湖泊价值的再发现，让湖泊成为江城一双双亮晶晶的眼睛。

湖泊，还是一种文化、一种文明。美国作家梭罗曾在《瓦尔登湖》一文中深情写道："一个湖是风景中最美、最有表情的姿容。它是大地的眼睛。"如今，武汉为了保护这座城市的166双"眼睛"，千方百计保住"千湖之乡"与"百湖之城"的美誉，提出"与自然和谐共处，水人合一"，翻开治湖营城的新篇章。

江、湖、海从来不分离。

东汉许慎《说文》称：海，天池也，以纳百川者。汇聚百川之海，有着博大、辽阔、深邃、恢宏、壮丽的天性。古有"东临碣石，以观沧海"的豪迈，有"惊涛拍岸，卷起千堆雪"的壮阔，也有"海上明月共潮生"的潇洒。在有情人张九龄的眼里，海还是那么静谧安详，温柔宽容，让他对家乡对亲人充满思念与眷恋，"海上生明月，天涯共此时"，明月从海上升起，动人的等待化作美丽的画面；而圣者孔子却感叹"逝者如斯夫"，珍贵的光阴是如流水般一去不复返。"百川东到海，何时复西归，少壮不努力，老大徒伤悲"，因此，少年要发奋，有朝一日"长风破浪会有时，直挂云帆济沧海"。"海"奔腾不复回的万丈豪情，还是指引人们奋勇前行的力量。

黄旭华生于海边，倚水而居，一辈子与江河湖海断不了的情缘，一辈子沉浸在水的遐思与浩渺中。辽阔的江海，孕育了他那大海浩荡、气势磅礴的气质，又有江河滔滔、绵延流长的个性。水的温润与韧性涵养出了他水一样的韧性与包容，犹如大海般深沉，穿越喧嚣，一生深潜，不露峥嵘！如今，沉淀了近百年的风雨阳光，曾经的那些活生生的痛与爱，依然长留心间，悄无声息。所以，他随手就能来一曲扬琴，悦耳悠扬，柔情四溢；而单位晚会上，他登台指挥的大合唱《歌唱祖国》，气势磅礴，震撼心灵。

于是，我们不由得想起了"上善若水"，"利万物而不争"，润泽万物，甘居低处。老子说，水有"七善"："居善地，心善渊，与善仁，言善信，政善治，事善能，动善时"。居深处，心谦卑，道自然，静默深远。这是一种胸怀，默默如流，心平气和，包容大度，怀着一颗博爱心润泽万物；也是一诺千金，既然接受了任务，信用无价。这，正是"水"的最高境界，滋养万物而不求回报，在静默中蕴含着无穷的力量！

时光易逝，岁月不老。黄旭华心里，始终深藏着一份美好的怀念。

所以他说："武汉是我的第二故乡！"身居武汉40多载，他对江城，永远有着与故乡一样的一往情深。

2. 大海故乡：望家乡勇立潮头

2018年4月22日，武汉的春天，天气晴朗，清风轻拂。

那几天，汕头市人事部门组织到武汉举办"汕头市中高端人才招聘会"，前往参加招聘会的，有政府机关工作人员，也有汕头教育部门的校长们，其中包括聿怀中学校长邱文荣。

来到武汉，是必得跟黄旭华院士见上一面的，邱文荣校长马上跟黄老取得联系。原来，年初黄老刚在浙江邵逸夫医院接受了高难度的白内障手术，这阵子正在家里休息，他特别欢迎我们到家里探访。

《光明日报》的报道详细地记录了黄老这次颇具戏剧性的手术：

当浙江大学医学院附属邵逸夫医院眼科医生姚玉峰小心地给93岁（编者注：时年应为92岁）的"中国核潜艇之父"黄旭华揭开纱布时，黄老脱口而出："太亮，太亮了！"

几天前，黄旭华在浙江邵逸夫医院接受了高难度的白内障手术，术后恢复效果良好。

姚玉峰与黄旭华的相识要追溯到2017年11月的全国精神文明建设表彰大会，两人都是全国道德模范。黄旭华作为第六届道德模范的代表之一需要上台发言。大会前一天，工作人员把大字号的发言稿交给黄旭华。黄旭华拿着稿子说，他的眼睛不好，要特大号的字，再加上放大镜，才能看得到。

这话被一旁的姚玉峰听到了，想着会后为老人检查一下眼睛。

姚玉峰是白求恩奖章获得者，中国首届白求恩好医生，眼科界"姚氏角膜移植法"的发明者。他在北京为黄旭华简单检查了眼睛，发现他的白内障非常严重。

"我问过好多医院，医生都说，这种白内障很少见，我又是这么大的年纪，做手术风险太大。"黄旭华说。

姚玉峰决定接下这个重担。1月2日，黄旭华与家人来到浙江邵逸夫医院。检查结果显示，黄旭华眼睛的视力不到0.1，白内障呈棕褐色，达到五级核的硬度（白内障最硬的核）。

考虑到手术的难度和黄旭华的年龄，邵逸夫医院组织全院大会诊。经多方讨论，姚玉峰作为主刀医生最后决定，治疗方案采用局麻下进行白内障微小切口超声乳化手术，联合三焦人工晶体植入术。"压力当然是很大的，但是我们相信只要做到足够自信，就可以防止意外。"姚玉峰说。

在治疗团队努力下，手术顺利完成。术后黄旭华左右眼的远中近视力都达到了0.6，比术前预计的还要好，老人看电视、看手机、看便条都清楚了。

大家怀着惊喜的心情，带着敬仰，带着微笑，来到了黄老的家里。

原来，他接了电话后就一直在等我们呀！老两口守在家门口迎候："贵客啊，贵客啊！坐坐坐……"他的脸上全是笑意，让大家倍感亲切，备感欣喜！

显然，他这次的白内障手术术后恢复效果良好。他把我们大伙看了个清清楚楚，感动与兴奋溢于言表："哇，这次家乡来了这么多人啊！"真真笑在脸上，喜在心上。

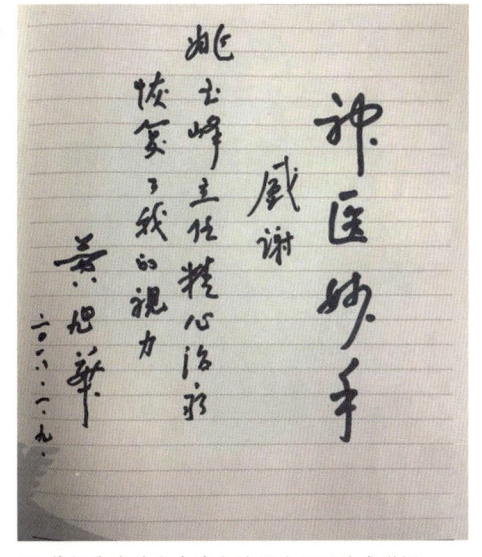

□ 黄旭华为其白内障主治医生题写的感谢词

□ 黄旭华向其白内障主治医生致谢

　　黄旭华家的客厅不大，书柜里摆满了书，墙壁上插着两枝梅花，一枝白梅一枝红梅，这梅花让家里生机勃勃。也许，这正是"梅花香自苦寒来"的写照，恰如高洁守道的凛然君子、不畏严寒的刚毅雄杰、惊顽起懦的勇猛斗士，百折不挠、欺霜傲雪，终于开百花之先、独天下而春，真是"不经一番寒彻骨，怎得梅花扑鼻香"啊。

　　让人眼前一亮的，还有书柜里摆放着的一艘核潜艇模型。

　　简简单单的摆设，都隐含着主人一生的追求与精神写照。

　　92岁的老人精神矍铄，和蔼亲切，思维敏捷，对家乡发展的热切，谈兴甚浓。同行的汕头市政府副秘书长陈基平向黄老汇报了汕头经济社会发展的情况，并盛邀他经常回家乡、回母校走走看看，为汕头产业转型升级、区域创新发展把脉支着。

　　"我有幸生于潮汕平原，又长年居于江汉平原。汕头有大海，武汉有湖泊、有长江，汉水与韩水一脉相承，都是中华民族源远流长的母亲河。是水，给予了我们人类灵动的智慧。"老人家滔滔不绝，以他的学识、见识，展开了对"汉水"与"韩水"相近相识的阐述。

听到近年来汕头抓交通、建平台、造环境、强管理、创文明，正迎来加快全面振兴发展、推动特区"二次创业"的战略机遇期，黄旭华的笑容时而绽放，眼睛里更是闪烁着快乐的光芒。对家乡的发展和变化，他是打心眼里感到由衷的高兴啊。

他说，2017年9月聿怀中学140周年校庆时，自己再次回到母校，也切身感受到汕头蓬勃发展的良好态势，基础设施日新月异，城市面貌焕然一新。"我对汕头的未来充满信心和期待，也将一如既往、不遗余力支持汕头的建设与发展。"

一个地方的发展离不开人才，离不开高端人才的引进与聚拢。听说这次汕头到武汉来"招才"，黄旭华开心地笑了："习总书记说了，发展是第一要务，人才是第一资源，创新是第一动力。汕头要强起来，就要走创新驱动的路子，而创新就要靠人才。"

"人是科技创新关键的力量，创新的事业呼唤创新的人才。"他谈兴甚浓：现在的人才必须是"创新型人才"，人才不能忘了初心，人才要敢于担当，人才必须有时代使命感。

"过几天我要到北京给'两院'新院士们上一堂课，主题就是'使命责任担当'。"党的十八大以来，以习近平同志为核心的党中央坚持创新驱动战略，其实质就是人才驱动，通过不断改善人才发展环境、激发人才创造活力，培养和造就了一大批具有全球视野和国际水平的战略科技人才。如今，贯彻落实党的十九大做出的"加快建设创新型国家"部署，我国要建设世界科技创新高地，创新人才特别是科技领军人才显得尤为重要。

同行的汕头市人社局局长黄业龙事后感叹，黄院士虽然90多岁的高龄，但思路非常清晰，非常健谈，神采奕奕，对人才话题特别感兴趣，对汕头的未来发展十分关注。

是啊，其语切切，其情拳拳，黄旭华对汕头发展寄予厚望——这是当时在座的"胶己人"共同的感受。说到人才，他还给我们讲述了一个"武汉人才"的故事。

早在春秋时期，孔子来到楚国推广其政治主张，途经武汉时曾差遣弟子向当地人"问津"，"指点迷津"由此而来。武汉因"问津故事"而建立了问津书院。俞伯牙与钟子期也曾在武汉相遇，伯牙弹奏"高山"之音，子期听出高山之巍巍，伯牙弹奏"流水"之音，子期听出江河之洋洋，于是，有了"高山流水遇知音"的典故。如今，为纪念这对挚友建造的汉阳古琴台，依然矗立在龟山西脚下的月湖之滨，与黄鹤楼、晴川阁并称武汉三大名胜，享有"天下知音第一台"之称。古往今来，武汉是一个人才交会的码头，四方之能人随水道南来北往，聚集于此大展雄才伟略。

"创新之道，唯在得人。得人之要，必广其途以储之。"黄旭华对此深有感触。他认为，培养人才关键在于形成有利于人才成长的培养机制，人才健康成长有赖于创造一个有利于人尽其才的环境机制，促进各种人才互相融合、相得益彰的局面还得依靠一个良好的激励机制和有利于人才脱颖而出的竞争机制。汕头目前急需人才，更需要营造一个创新创业的人文环境。这才是真正让外来人才根系发达、融入风情，之后，才是开花结果长成国之栋梁的必然！

大家越聊越投机，越聊越投入，因为"人才问题"正是当下汕头弦上急奏的一段华章。其时，汕头正加紧制定出台《关于我市加快人才发展的实施意见》和《关于加快新时代博士和博士后人才创新发展的若干意见》等人才政策，致力于形成人才培养的良性常态。

说到人才培育，话题又转到培育青少年科技创新精神上。黄旭华深有感触地说："培养人才，不仅要培养才识，更重要的还要培养德行。有才有德，德才兼备，才能担当大任。如今的孩子，大部分是独生子女，会做事，不会做人，要培养敢担当、有责任心的人才。"

"培育人才在教育。所以，教育要先行。"

"人才的关键是创新，特别要注意培养青少年的创新思维，培养德才兼备的创新型人才。青少年具有强烈的好奇心，对新事物有探究精神，好好引导就能培育成才。"

"我一直说，正是母校的培育，让我养成了百折不挠的意志和品质，是母校给予我智慧和能力，支撑我们能在葫芦岛隐姓埋名，一辈子献身核潜艇，无怨无悔。所以说，青少年的教育至关重要，要从小抓起，从少年时代的养成教育，让爱国的种子埋在孩子们的心里，生根开花，就能焕发对祖国一辈子的忠诚。"

"怎样办教育呢？理想信念、爱国情怀、艰苦奋斗非常重要。确立什么样的理想信念，是一个人是否能够成才的首要问题。有什么样的理想，就成就什么样的人生；有什么样的信念，就做成什么样的事业。所以我们办教育的，一定要教育我们的孩子树立远大理想，要有中国情怀、中国信仰，要奔跑、要奋斗，要追梦、要圆梦。要有针对性地引导孩子们了解中国近代以来的革命烈士，了解中华民民族的先贤豪杰，了解身边的典型和榜样，唤醒他们对真善美的追求，要培养孩子奋斗担当的精神，磨砺意志，立德成才。"

"从事科研工作要有无私奉献的精神。要有扎扎实实的知识基础，知识的面要广。要艰苦奋斗，创新的道路不可能平平坦坦，往往要经历无数个反反复复的查证、试错、证明，要有这个思想准备。"

92岁的他亲切和蔼，谈兴甚浓。他敏捷的思维，对家乡发展的热切，都给我们留下了深刻的印象。

3. 锦瑟雅声　正且美矣

大海是黄旭华一辈子的最爱。2018年8月，三亚，海边，盛夏。我们恰逢这样一个意味深远的地点见面。

距离年初到他武汉的家里拜访，又是4个多月过去了。可是，黄旭华忙啊。来自家乡媒体恳求的这次专访，他一直记在心里，却又一直无法成行。

刚刚过去的7月，黄旭华病倒了，这次一住院就是一个月。出院时，医生千叮万嘱还需要静养，所以研究所就"强制"安排他来到了三亚的海边。在这里，他想起了故乡，想起了故人，想起了这趟一直未能成行的父老乡亲见面会。于是，终于有了这一段美好的"三亚叙事"。

见到家乡人，黄旭华很开心！

然而，他看起来，可比4个多月前瘦了些，腰好像也直不起来，让我们看了心疼。

或许是对家乡人打心底里的亲近，一见到我们，黄旭华的精气神倒显得好了起来。一说起话，他依然思维敏捷，表达清晰。

他说："我们说说话就好，你们不用采访啦！我的事情已经说得挺多啦！"

"两个事情：第一，核潜艇的设计是全国协同，全流程、全链条，每个岗位完成每个环节的任务。功劳是整个集体的，其中有我个人的部分智慧，但不能只归到个人身上。所以，要写集体，写什么都要笔下留情，多谈集体，少谈个人，这是原则。第二，核潜艇是隐蔽战线，所有公开采访的口径都是一致的，请理解我们。"

于是，我们带着崇敬的心情，再次跟随他的讲述，走进了那段核潜艇隐蔽战线的故事。

这次来，我们还带来了扬琴，带来了潮绣，带来了《汕头日

□ 黄旭华在海南三亚与采访组合影

报》……我们想,让潮汕美好的人文物件、让来自家乡的点点滴滴,呼应老人家一直深藏心底的最美情感。

黄旭华果然开心地一一接过来,爱不释手,左看右看,像是要把这些熟悉的潮汕元素、这些厚重的家乡情缘,深深镶在心里!

看到这架来自家乡的迷你扬琴,他乐了:"很久没有看到扬琴了呀……"曾经造出了惊艳北京奥运会开幕式高音扬琴的家乡人,为他特制了这架迷你扬琴,还特别镌刻了"锦瑟雅声 正且美矣"的字样,以表达对他、对"〇九人"那极"正"的思想高度和极"雅"的精神风貌的赞美和颂扬。

对扬琴,黄旭华可是太熟悉了。这位科学家的心充满着柔情,严谨的工作并没有消磨掉他对音乐的痴迷,这是他工作之余的放松和调剂,常常在他的手下,千言万语顷刻间都化作了动人的旋律。此刻,他当即手执两个琴竹,敲击琴弦,弹奏了起来,叮叮咚咚,琴音犹如涓涓细流,潺潺不止,把人们带进了美妙的音乐世界。

这扬琴,也把黄旭华带回了童年,带回了曾经的难忘岁月。看到扬琴,他就想起父亲;奏起扬琴,他就想起少年旧事,想起"山那边哟好地方"的革命历程……

往事如烟啊，他告诉我们："我父亲有一把扬琴。我到聿怀中学读书的时候，父亲让我一直带着琴，让琴陪着我。心情不好的时候，我就弹奏扬琴，心情好的时候呢我也爱弹琴，想念父亲的时候也会弹弹琴……后来，逃难去桂林的时候，就没办法把琴带上了！"

于是，"父亲的扬琴"成了他心中一个最隐秘的情感牵挂与念想。今天，当他再次奏起扬琴时，琴声里是那样地充满了思念与怀恋啊。

童年的时候，音乐对黄旭华是一种带有仪式感的离别。每次有家人要远行，他的父母亲都会把他们兄弟姐妹几个组织起来，唱唱歌送行，而每次离别的最后一首歌，必定是固定曲目赞美诗《再相会》。黄旭华的音乐天赋也许就是这样沉淀而成的吧，吹口琴、拉二胡、奏扬琴，每一样乐器都自然而然地一学就会。

所以，音乐在他心里，就是一种团圆和亲情的象征。后来黄旭华自己组织了家庭，每每家里人的团聚时刻，他都要来一场家庭音乐会，兼具神圣的仪式感和浓浓的亲情。而研究所里每年的文艺晚会，压轴节目大合唱《歌唱祖国》的总指挥，多年来都非他莫属。

"若干年之后，我们的工作可以公开了，在父亲的坟前，我眼泪控制不住地流。我说：爸爸，我来看您了，我相信您也像妈妈一样会谅解我。因为工作的需要，作为一个共产党员，应该这样子。不能向组织提特殊的要求。"——这是2014年，他在央视"感动中国"颁奖晚会现场中的真情流露。

琴声悠扬，思念悠悠！

"山那边哟好地方，一片稻田黄又黄；要吃饭得做工哟，没人给你当牛羊……"一首《山那边哟好地方》歌声悠扬动情，美妙的歌声里，关乎逝去的岁月与故人，是那样清晰与美好。

黄旭华说，1946年他随交通大学从重庆迁回上海，经同学推荐加入了交大著名的学生进步社团"山茶社"，后来又参加了学校的文艺社团"大家唱",那时候和同学们最喜欢唱的就是这首《山那边哟好地方》。

在那个中华民族即将迎来历史大转折的时期,在那段"黎明前的黑暗",他和同学们一起参加去南京请愿的"护校"运动,掩护进步同学厉良辅逃跑,机智躲过反动宪兵的抓捕……一件件事、一个个人,时至今日他记忆犹新。

"一天,'山茶社'的一个同学找到我,问我对共产党有什么看法,我随口回答:'就是山那边哟好地方,没人给你当牛羊。'他就问我:'要加入共产党吗?'我大吃一惊,问他:'加入共产党?党在什么地方我都不晓得。'他让我好好考虑:'如果你想加入共产党,就写一个报告给我,我帮你递上去。'我问他:'你是共产党员吗?'他就说:'我是地下党。'

"1948年冬天,我写了一个申请入党的报告。直到1949年春节,'山茶社'一位叫魏瑚的同志来告诉我说:'党批准你加入了。'我入党就是这样过来的。

"其实,我当时对党还没有更多概念,所以很迫切地想要增加党的知识。后来组织上派我去党校学习。我读了毛主席的《论联合政府》、刘少奇的《论共产党员的修养》等等。我开始下定决心,革命的道路是漫长的,共产主义的理想需要我们一生去努力!"

哦!受够了战乱逃亡被欺负的日子,看透了同胞被践踏惨状的实质,黄旭华的心里一直向往着有一个"好地方",那个"地方"的稻田金又黄,那里的人们勤劳又平等,"山那边哟好地方"……

他笑了:"我就这么加入了中国共产党!"90多岁的老人在琴声中、在笑声里回到当年的那个非常美好的早晨。"就是这首歌,让我感到,山那边是个好地方,那里的人过得非常愉快,安心搞生产,没有剥削,一片安宁繁荣。你问我对党、对共产主义最初的认识,就是'山那边哟好地方,没人给你当牛羊'。"

扬琴再次奏起。在中国共产党的领导下,我们的祖国迎来了前所未有的富裕强盛,国家从"站"起来、"富"起来到"强"起来。欣逢盛世,往事不再是压在黄旭华心里沉甸甸的回忆,而是陈年往事化成了心花盛开。

或许,这就是一种"正"的思想源泉。正是因为有了"正"的思想源头,才有了源源不断对党、对国家、对人民的忠诚的原生力量。"山那边哟好地方",这样美好的愿景,很早以前就深藏在他以及整整一代革命者的向往里,并以忠诚的力量捍卫着这一信念,坚信能够实现并为之奋斗终生。

这爱国主义,也是中华民族最传统的"正"的精神内核。2018年3月20日,当选中华人民共和国主席、中华人民共和国中央军事委员会主席的习近平,在第十三届全国人民代表大会第一次会议上坚定重申人民立场,深情礼赞中国人民,并对"中华民族精神"做出了高度凝练的阐述:"中华民族精神,是中国人民在长期奋斗中培育、继承、发展起来的伟大民族精神,这一历久弥新的中华民族精神,涵括了四种伟大精神,亦即伟大创造精神、伟大奋斗精神、伟大团结精神与伟大梦想精神。中华民族精神已内化为中国人民的特质与禀赋,不仅铸就了绵延几千年的中华文明,而且深刻影响着当代中国的发展进步,深刻影响着当代中国人的精神世界。"

"起来!不愿做奴隶的人们!把我们的血肉,筑成我们新的长城!"老一辈革命者用"伟大的奋斗精神"奏响了中华人民共和国国歌那雄浑的旋律。每当听到这雄壮高昂、催人奋进的旋律时,每一个中国人都会不由自主地升腾起一种强烈的民族自豪感。是的!每每看到伴随着国歌冉冉升起的五星红旗,我们的心都禁不住澎湃沸腾,眼泪夺眶而出!那是每一个中国人发自内心的爱国情。从"砍头不要紧,只要主义真"、面对敌人屠刀视死如归的革命烈士夏明翰,到少年立大志"为中华之崛起而读书"的周恩来,热爱祖国、报效祖国,把祖国建设得繁荣富强,实现中华民族的伟大复兴,是每个中国人心里最伟大的梦想,也是爱国主义的本质所在。

事实证明，中华民族的历史就是一部爱国主义的历史、一部民族自强不息的历史，伟大的民族精神伴随着我们一路前行。这就是中华民族"正"而"雅"的精神底蕴，也是巍巍中华之民族魂。

这琴声让人感动，引人遐思，从清脆的扬琴独奏变成了澎湃的大合唱《我的祖国》——

这是英雄的祖国，
是我生长的地方，
在这片古老的土地上，
到处都有青春的力量。

我们仰望星空，我们敬仰的无数科学家的名字恍若化作满天璀璨的星星，写进了中华民族的传奇。

这是强大的祖国，
是我生长的地方，
在这片温暖的土地上，
到处都有和平的阳光。

2019年也是中国人民海军的70华诞。70年沧海横流，70年风云际会，凭借什么铸就英雄之名？凭的是赤胆忠诚，凭的是新型的科技作战力量，重剑在握！人民海军从沿江到沿海，从大洋到大洲，大国担当，击水中流，在共和国的万里海天，捍卫着"和平"方舟，驰骋在祖国的万里海疆，让航程越走越远！

"我是中华民族的儿女，此生属于祖国，此生属于事业，此生属于核潜艇，此生无怨无悔！"

从《山那边哟好地方》到《我的祖国》，从扬琴清亮美妙的悠扬，到大合唱激情澎湃的昂扬，我们的眼里始终饱含着感奋的泪水，眼前总见波涛汹涌，胸中始终惊涛骇浪！

时间跨越了春夏秋冬，这高昂的旋律，这爱国的情怀，让我们沉浸其中，难以自拔。回想着对黄旭华的每一次采访，渐渐地，耳际升腾起一曲颂歌，眼前闪现出一个大写的"人"！

"我的生命已融进祖国的山河。山知道我，江河知道我，大海知道我！祖国不会忘记，不会忘记我！若问为了什么？从来不问为什么！只要祖国和人民需要，就全力以赴，付出青春，付出智慧，甚至付出生命，这就是一个个军工人对党、对共和国最忠诚、最崇高的信仰！"

这激情如诗的话一直萦绕我们的耳际，回荡在我们的心中。

4. "〇九精神"："痴"矣？"乐"兮！

时间回到2018年的盛夏，海南三亚。我们的采访已经接近尾声，黄旭华的讲述，依然保持一贯的清晰思路。

"我的核潜艇人生，可以用'无怨无悔'来概括；而说到'核潜艇精神'或者说'〇九精神'，我认为可以概括为'自力更生、艰苦奋斗、大力协同、无私奉献'。这也是我们全体'〇九人'的行动纲领。

"'〇九人'的呕心沥血、无私奉献，都是因为爱国敬业，这也是'〇九人'的人生写照。'〇九人'敢于担当，吃苦耐劳，时光从来不虚度，做事百折不挠，在科研的道路上从来都是埋头苦干。

"人类历史上任何一点进步，都是因为有了艰苦奋斗和无私奉献的精神在支撑。

"中华民族是了不起的民族。只要有党的坚强领导，只要我们下定了决心，要干什么事情，就一定能够干成。两弹一星、核潜艇，哪一个不是这样！所以钱学森讲过一句话，'外国人能干的，中国人为什么不能干'，当年毛主席还加了一句'还可能比人家干得更好'！

"我坚决反对人家叫我'中国核潜艇之父'。我只是核潜艇研究战线中的一个成员，站在我的岗位上，完成组织交付给我的任务而已。核潜艇研究牵扯的面很广，是全国26个省区市和2000多个科研院所、高校大协作搞出来的。"

…………

一句句言语朴素真挚，却深深镌刻在我们的心里。

我们曾经看到过一张第一代核潜艇四位总设计师的合影，分别是赵仁恺、彭士禄、黄纬禄、黄旭华。

其中，彭士禄是英烈彭湃的儿子，是我国著名的核动力专家，中国第一任核潜艇总设计师，中国核动力领域的开拓者和奠基者之一，中国工程院首批及资深院士。

赵仁恺是两院院士，核反应堆工程专家，曾任中国核工业总公司中国核动力研究设计院副院长兼总工程师，作为技术负责人之一，参加和主持中国潜艇和动力堆的研究设计核试验运行。

黄纬禄长期从事导弹武器系统研制工作，是中国著名火箭与导弹控制技术专家和航天事业的奠基人之一，有"巨浪之父""东风-21之父"之称。

这四位科学家都是我国最早期启动核潜艇研制的成员，分别负责不同的工作，所以都可以被称为"中国核潜艇之父"。

2008年6月24日，三任中国核潜艇总设计师有一次难得的会面。那天，中国"第二任"核潜艇总设计师黄旭华，和"第三任"张金麟一起，到"第一任"彭士禄的家中探望。当时，83岁的彭老已经站立困难，临别时，黄旭华轻轻拍着彭老的肩膀，连连叮嘱："再见再见！保重保重！"彭老也很激动，背过身就悄悄抹去了自己的眼泪。相信这不轻易流淌的泪水，一定是欣慰的，一定是喜悦的，一定是带着更多对中国核潜艇事业的祝福和期盼。

2016年9月2日，这三位巨头再次相聚。其时，彭老已经91岁，黄老90岁，张老80岁。三任中国核潜艇总设计师，三位白发苍苍的老人！

这些照片记录下的一个个瞬间，都是何等感人的画面。画面背后，凝聚的是深厚的"〇九"情谊。

2017年10月25日，92岁的彭士禄和91岁的黄旭华，共同获得2017年度何梁何利基金最高奖项"科学与技术成就奖"。

何梁何利基金评选委员会主任朱丽兰称，两位老专家与中国人民解放军大致同龄，他们将毕生的精力献给了中国的核潜艇和核电事业，为核潜艇和核电站做出了彪炳史册的卓越贡献，"其思想、理念、风范和业绩为我们树立了新时代的楷模"。

两老是正儿八经的"老乡"，不仅年岁相仿，而且出生地都是广东汕尾，彭士禄只比黄旭华年长3个月。彭士禄负责研制的是核

□ 听黄旭华院士讲那过去的故事

潜艇的"心脏"核动力，黄旭华负责的是艇体的总设计，两老都是三十载"干惊天动地事，做隐姓埋名人"的活生生的事例，都将毕生精力献给了我国的核潜艇事业。

他们两老都说过："中国的核潜艇事业，不是一两个人所能及的，而是全体参加人员共同努力的结果，我们有一个群体，无怨无悔、无私奉献、默默无闻，名字都叫核潜艇人。"

他们两老也都真诚地给年轻人提过建议，"年轻人要建功立业、报效祖国，现在科学进步非常快，高新尖端技术，特别是先进的国防技术，要想从国外引进，几乎不可能。只有自力更生，才能掌握主动权、保持领先优势。年轻人还要准备艰苦奋斗，你们对时代有责任。年轻人是国家的希望和未来，希望你们不辜负人民的期待，好好努力，报效祖国"。情真意切，一字字一句句，都是老一辈核潜艇人对中国核动力事业的期望。

是啊，他们都是"核潜艇人"，都是"○九人"。从1958年到1988年，这30年间，没有人知道他们都"去哪儿啦"。他们把自己的青春，乃至自己的一生，全部奉献给了国家和民族。

诚如黄旭华说的："我这一生只做了一件事，一生献给核潜艇，无怨无悔！不造出核潜艇，我死不瞑目！"

他们的履历"很简单"！一辈子、一件事，从风华正茂的少年，到白发苍苍的老人，只坚定地、执着地做好了这件对国家对民族有益的事。

他们的简历又"很不简单"！放下情趣爱好，放下儿女情长，关键时刻做出常人难以做出的抉择，一辈子付出常人难以想象的辛苦。

一句"不可告人的人生"，就回答了"人的一生应该怎样度过"的哲学命题，用"赫赫而无名"的淡泊，诠释了"想国家之所想、急国家之所急"的爱国情怀。

正是有了这份"痴"人的坚定与内力，他们才能够抛弃名利诱惑、俗世喧哗，潜心在荒无人烟的岛屿中埋头苦干，才能够无私奉献、艰苦奋斗，以实际行动赢得世人的称赞、举国的敬重。他们所代表的"〇九人"，是一个个烛照茫茫荒野的时代楷模；他们所代表的"〇九精神"，是一座座熊熊燃烧的精神灯塔。

"痴"，这里藏着一种用信念挺起的力量。这力量，是一种心无杂念、高度专注的定力。如果没有这份入"痴"的定力，"一穷二白"完全可以成为放弃的借口，研制过程中的种种困难都可能成为摇摆的理由。正是凭借这种"痴"的定力，战天斗地，苦中作乐，最终穿越了艰难险阻，到达了光明的彼岸。

"乐"，这里藏着一份淡泊名利的态度。这态度，是一种"苦干惊天动地事，甘当隐姓埋名人"的欣然。残酷的战争洗礼激发了"〇九人"保家卫国、报效人民的坚定信念，祖国的需要重于泰山的执着坚守生发出了坚定的使命感，长年累月的磨砺锻造出了奋斗到底的坚毅。"乐"，是无声的力量源泉，是对祖国的深沉热爱，是把自己的人生意愿与国家的命运紧紧结合在一起的一往无前。

所以，那些年，第一代"〇九人"隐姓埋名，殚精竭虑投身技术攻关，拖家带口在辽宁荒岛上忍饥受冻。一切困难，都未能动摇他们的一丝一毫的坚守决心。

"不要以为岁月静好，那是有人在为你负重前行。"我们享受的每一分和平与发展，都离不开这样一群"赫赫无名"的"〇九人"的奉献。他们在祖国贫弱的年代，创造出了荫护万代的财富，用自己的坚挺的脊梁，给了整个民族"站"起来的力量。

"我也很爱我的妻子、母亲和女儿，我很爱她们"，无情未必真豪杰！时至今日，黄旭华说起母亲依然老泪纵横，有情有义、有爱有家，这才是一个"真君子"。但是，在国与家、得与失、进与退的抉择面前，他毅然选择了报国为先、事业为重。这就是对祖国的大爱。

这是一个讲忠诚、重担当的新时代，也是一个崇尚英雄、呼唤实干的新时代。正是因为有了千千万万的黄旭华,千千万万的"沉默的砥柱",才铸成我国"两弹一星"、核潜艇、国产航母、大飞机等大国重器。黄旭华的"〇九"故事告诉我们,只有把一己之奋斗融入实现中国梦的洪流,争做与时代同向同行的开拓者、奋进者、奉献者,才能成就辉煌的千秋功业,谱写俯仰天地的新篇章。

《钢铁是怎样炼成的》作者奥斯特洛夫斯基说过:"人最宝贵的是生命,生命对人来说只有一次。人的一生应当这样度过:当他回首往事时,不会因为碌碌无为,虚度年华而悔恨,也不会因为为人卑劣,生活庸俗而愧疚。"

潜龙在渊,忍受与亲人生离的痛苦,却矢志为我国核潜艇的研发默默奉献的黄旭华和他的战友们,就是这么一群可敬可爱的人!

他们是新时代最可爱的人!

在深藏西南的大山里,
他埋下头,甘心做沉默的砥柱;
在一穷二白的年代,
他挺起胸,成为国家最大的财富。
他的人生,正如深海中的潜艇,
无声,但有磅礴的力量!

这个"他",不仅是黄旭华,不仅是彭士禄,还是所有的中国核潜艇人!

不用说,不用说,大海都知道。

大海在歌唱。从渺渺波涛簇拥的葫芦岛,到滚滚奔流的东海,到直挂云帆济沧海的南海,不用问彭士禄是谁,不要问黄旭华是谁,不要问中国核潜艇之父是谁,你们都是一群头枕热土,心向大海,为实现中华民族伟大复兴的中国梦而舍生忘死的热血"〇九人"!

使命呼唤担当,榜样引领时代。革命年代里的"钢铁战士",

有"风萧萧兮易水寒，壮士一去兮不复还"共赴国难之悲壮；建设岁月里的"老黄牛"，有"老牛亦解韶光贵，不待扬鞭自奋蹄"任劳任怨的甘甜；改革开放中的"先行者"，有"路漫漫其修远兮，吾将上下而求索"的勇于献身的豪迈；科研路上的"开拓者"，应该就是"咬定青山不放松，千磨万击还坚劲"攻坚克难的欢乐！

"春秋有序人民不亏时彦，宇宙无极伟业尚待后贤。"新时代的号角已经吹响，在实现中国梦的新征程上，需要榜样的力量，激发新气象、新担当、新作为，承担起中华民族伟大复兴的历史重任；需要新一代不忘初心、牢记使命的政治品格；需要至诚至善、为民造福的奉献精神。

/ 手记 /

爱国情　奋斗者

家国情怀的心灵原色，一直深深植根于中华文明的深厚土壤。而黄旭华及一位位"国之脊梁"，为其注入了活生生的血与肉。

新中国成立70年来，一代代中华儿女为伟大祖国的繁荣昌盛接续奋斗，各行各业都涌现出一大批矢志许党、实干报国的典型人物和群体。家国情怀成为中华文化印刻在每个人身上的特有情愫，也是我们骨子里永不改变的血脉基因。

正如黄旭华这位倔强的老人：他投身我国核潜艇事业近60载，守护的是大国重器，更是不曾放弃过的中国梦。他说，自己的生命已经和祖国的核潜艇事业融为一体。是啊，只要事业需要，明知前面的路并不平坦，也毅然挺身而出；只要祖国召唤，哪怕需要隐姓埋名30年，也绝不说一个"不"字；只要"战场"还在，哪怕身体只允许自己每天上半天班，也不轻易离场。

　　国家的富强，民族的复兴，离不开每一个个体的共同努力。"欲治其国者，先齐其家"的价值追求，"先天下之忧而忧，后天下之乐而乐"的使命担当，"苟利国家生死以，岂因祸福避趋之"的忧国忧民，展现的都是个人命运与国家命运的同频共振。

　　正是在经历了战乱的苦难和受侵的屈辱后，黄旭华把科学报国深深镌刻进自己的骨血："制造飞机捍卫我们的蓝天，制造军舰捍卫我们的碧海"，"一万年太久，只争朝夕。造不出核潜艇，我死不瞑目"。"看似寻常最奇崛，成如容易却艰辛。"日复一日的计算，汗如雨下的试验，千山万水的跋涉，甘于寂寞的坚守，是什么提供着源源不断的动力？正是与家国休戚与共的使命感、责任心，支撑着黄旭华们不离不弃、永远奔跑，也支撑着中华民族生生不息、薪火相传。可以说，尽管时代的背景色不断变换，但始终不变的是黄旭华们一直炽热的爱国情、报国心。

　　心不为己，方可远行。爱国从来不是一句空话，既然选择了国家荣誉和国家利益为上，就势必要放弃个人和小家的利益。在这道关于"大"与"小"的选择题上，黄旭华们从来没有让祖国和人民失望过。国家建设托举"家国天下"之志，家国情怀所通达的，正是万家灯火、国泰民安。

　　"草木蔓发，春山可望"，每一个春天都是一个新的开始。有梦想，有机会，有奋斗，一切美好的东西都能够创造出来。当我们站在一个新的时间节点上，想要一个怎样的生活？期盼一份怎样的幸福？让我们在家国一体、命运与共中找到梦想安放的空间，激荡起风雨无阻、高歌行进的决心，一往无前去创造更加美好的未来。

　　无论何时，你的奋斗姿态，就是新时代最美丽的答案！

潜龙在渊

结 语
我和我的祖国

QIANLONG ZAI YUAN

"为了中华民族的振兴，为了祖国的强盛，不忘初心，牢记使命，默默无闻，把毕生最宝贵的年华和热血，无私地奉献给国家，呕心沥血，铸就国之重器；无怨无悔，砥砺前进，代代相传，许身许国！"

又是一年春来到。

在春风里，在碧波旁，黄旭华随着央视新闻推出的一则报道《老中青几代船舶工作者"快闪"歌颂祖国》，再次在我们的心底掀起波澜。

是啊，春天来了，春天来了，一艘巨轮从码头划出一道清波，向深蓝走去！1000多人簇拥着黄旭华，在海边，在艇上，一曲磅礴的《我和我的祖国》大合唱，看得我们心潮起伏，泪流满面！

这是2019年全国两会期间，在七六〇研究所抗灾抢险英雄牺牲地，黄旭华代表所有军工人向祖国的深情表白：

"我们科技工作者，为了中华民族的振兴，为了祖国的强盛，不忘初心，牢记使命，默默无闻，把毕生最宝贵的年华和热血，无私地奉献给国家，呕心沥血，铸就国之重器；无怨无悔，砥砺前进，代代相传，许身许国！"

半年前，无情的台风袭来，海面狂风暴雨巨浪滔天，七六〇研究所副所长黄群、平台负责人宋月才和平台机电负责人姜开斌与其他的科研人员，奋不顾身奔向大海抢救国家财产。为了确保试验平台的安全，三位勇士坠海牺牲，三条宝贵的生命被狂风巨浪吞噬。他们，用生命谱写了"初心不改，信念当先，许党报国"的英雄赞歌！

今天，凛冽的寒风挡不住激越的家国情怀。

他——中国第一代核潜艇总设计师黄旭华院士来了！

中国工程院院士张金麟来了！

烈士亲属来了！

中船重工760研究所抗灾抢险英雄群体代表来了!
中船重工"许党报国蓝海勇士"报告团代表来了!
中船重工航母建设者代表来了!
重点工程建设者代表来了!

我和我的祖国,
一刻也不能分割。
无论我走到哪里,
都流出一首赞歌。
我歌唱每一座高山,
我歌唱每一条河……

90多岁高龄的他,豪迈挥动着手中的五星红旗,深情放歌,大声唱响"我和我的祖国"的血肉情深!

群情激昂,万众欢腾,歌声奔放,豪情万丈!在这爱国激情举国高涨的新时代,老中青船舶工作者与时代共振,与祖国同行,以创新的精神、奋斗的姿态,唱响心中的歌,表达对祖国母亲的无限热爱。

我的祖国和我,
像海和浪花一朵。
浪是海的赤子,
海是那浪的依托。
每当大海在微笑,
我就是笑的旋涡……

"自己是中华民族的儿女,此生属于祖国,此生属于事业,此生属于核潜艇,此生无怨无悔!"

大国崛起，英雄无悔。时代造就英雄，英雄无愧时代。在这美丽的新时代，军工人以一场"爱国情、奋斗者"为主旋律的爱国主义大合唱，唱出豪迈，唱出对祖国的炙热情怀！

我们合着节拍，热泪盈眶，感奋之情油然而生。

致敬！

这是2019春天里最美的歌。让我们向深潜在深海的以黄旭华等为代表的军工人致以最崇高的敬礼！让我们加入这浩浩荡荡的合唱行列！

我和我的祖国，
一刻也不能分割。
无论我走到哪里，
都流出一首赞歌……

2019年春天